吉見春雄

# 戦時下の短歌ノート

佐野ウララ 編

同時代社

# 吉見春雄　戦時下の短歌ノート◆もくじ

【凡例】

一、短歌のかなづかいは吉見春雄本人が記したままとし、難読と思われる漢字に編者の判断でふりがなを付した。

二、短歌の下の（　）内の記述は、吉見春雄本人のメモによる。

三、短歌のあとの字下げ部分の記述は、編者による。

# はじめに——三冊の日記帳

佐野ウララ

（一）

三冊の、分厚い、古びた日記帳がある。

青いクロスの表紙は色あせて、背表紙は箔が剥がれ、一冊など綴じがはずれてばらばらだ。そっと開くと、黄ばんだページに、びっしりと細かく、端整なインクの文字で書き込まれた、おびただしい数の短歌。

吉見春雄　19 歳

短歌を詠んだのは吉見春雄（一九〇一～一九八三）。私の父である。

父は六〇歳代後半に脊椎を病んで以降寝たり起きたりの生活を送っていた。そのころから、かつて詠んだ短歌を復元して、この日記帳に残す作業を始めたのだと思われる。書き直したり、書き加えたりの跡もそこここに見られ、全部でおよそ三千首ほどはあろうか。一五歳ごろから四〇歳ごろまでのほぼ二五年間にわたる、いずれも戦前のものだ。

本書は、このなかから青年期を中心に七〇〇首ほどを選んでまとめたものである。体裁は「歌集」のかたちをとってはいるが、短歌を一首ずつ文学的に味わい評価する、というよりは、全体でひとつのストーリーを持った「ものがたり」としたいと考えた。

なぜなら、彼の短歌は一人の少年が成長しおとなとして生きていく長い道程に沿ってつくられ、戦前の日本の歴史的・社会的事実と切り離すことができないものであり、「ものがたり」として読むのがいちばんふさわしいと思えたからである。また、それには彼の生きた時代、短歌がつくられた背景についての概略を頭に入れておくことが理解の一助となるのではと考え、一一の時期に区分して章とし、章のはじめでそれぞれの時期の概略にふれた。

ここでは、本文と若干重複するが、彼自身と時代背景について述べておきたい。また、本書をまとめることとなったいきさつについても書き記したい。

（二）

吉見春雄はどんな人だったのか。どんな青年時代を送ったのか。

生まれたのは明治末期。旧制中等学校の漢文教師を父とし、旧下級武士の家系の小市民的な大家族の中で、本の好きなおとなしい少年として育った。

旧制静岡中学に入るとロシア文学に傾倒し、大正デモクラシーの洗礼を受け、社会運動へ、革命思想へとめざめていく。

一七歳のときに胸を患い二年間の療養生活の後、ロシア革命を学ぶ目的で東京外語大ロシア語科をめざして、ひとり上京。時は日本の社会運動の黎明期。様々な思想潮流の渦中で、自らの進むべき本流を探しながら、まっしぐらに運動に参加していく。自分は、人の自由と幸せを求め、戦争に反対し、民主主義の実現を図っていく、そういう人間として当たりまえの要求によって、社会発展の道を拓いていくのだ、との信念のもとに。

東京外語大を基点とした活動から、静岡県をおもな舞台に東京、大阪で運動の組織者として、共産主義者として、戦前・戦中の弾圧と投獄に耐え抜いていく。

いまの日本では、国民主権、基本的人権の尊重、戦争放棄を基本理念とする憲法のもとで、思想や学問の自由、表現や集会・結社の自由をわたしたちは当然のこととしている。しかし、戦前の長い間、国民は国によって自由を抑圧されていた。

国民の側からは農民の蜂起や労働組合の結成をはじめ、自由と民主主義を求める大衆運動、社会労働運動が起こっていく、と、政府はそれを抑える法律や体制をいっそう強化していく。そして、自然発生的に起こった米騒動のエネルギーや、高揚した社会運動、ロシア革命と日本共産党の創立に脅威を持ち、政府は思想をも取り締まる治安維持法を制定。天皇制に反対する思想や言論、行動を取り締まることを専門にした秘密警察であった特高（特別高等警察）を全国に張り巡らせて、共産党にとどまらず、一切の民主主義的な思想や運動の破壊に狂奔していった。

だから、このころの活動は、常に検挙、取調べの過程での残虐な拷問、投獄という危険にさらされ、命がけであった。

選んだ道の厳しさから、彼は常に生命の危険を意識し、早い死をも覚悟していたことが短歌からうかがい知れる。しかし、ただ恐れていたわけではない。治安維持法という不当な法律で自由を奪われるなどもっての外、捕われてなるものかと脱走を繰り返す様子は、あたかも活劇のようだ。

吉見は一九二八年の共産党に対する全国的な弾圧（三・一五事件）で検挙され、未決のまま四年間を市ヶ谷の獄中で送る。さらに一九三二年の大がかりな一〇・三〇弾圧のときは、新宿の下宿で、明け方、警察に踏み込まれたが、スキをねらって二階から飛び降り裸足で逃走。

その後、大阪で活動中に逮捕され、連日酷い拷問を受け、身動きできないまま手錠付きで救護病院に収容される。が、体の回復を待ちながら期をねらい、厳重な見張りの裏をかいて死体搬出門から脱出。

このころ日本は戦争への道を進んでおり、共産党は弾圧によって壊滅状態、進歩的・良心的な活動家のほとんどは獄中に捕われていた。吉見は連絡の回復と運動の再建を図りながら潜行生活を続けるが、一九四〇年に静岡で、三たび逮捕され、三年の刑期を送る。

## （三）

脱走劇を繰り広げ、獄中で心身の苦痛に耐え抜き、人間の尊厳を失わずに貫いた彼は、強靭・不屈な精神と勇敢な行動力の持ち主であったことはまちがいない。となると、さぞやこわもての屈強な男、とイメージされがちだが、それは異なる。

彼の人柄、人間像については、短歌から読み取っていただくのがいちばんであり、蛇足になるかもしれないが、周りからみた評を年代を追って紹介しておきたい。

旧制静岡中学時代の同人誌仲間であった、日本美術史学者の菅沼貞三氏は、次のように回想している。

「私の知る吉見君は、中学上級生のころ、表面は頗る温厚であったが、心は強靭のところがあって、文才に富んでいた」

二五、六歳の父と、浜松の日本楽器争議で活動を共にした頃のことを、平和運動家・翻訳家の長尾正良氏はこんな風に描き出している。

「……その印象は、いまも鮮やかである。おとなしく、極めて無口で、はにかみやであった。しかし言うべきときには、きちんと意見を言った。仕事は表面立ったことではなく、いつも裏方で、こつこつ実務を片付けた。ガリ版切りは、活版刷りよりもきれいな字を、しかも速い速度で書ける名人芸であった。それに無類の子ども好きであった。ある日、散歩に行き、長身の背中に疲れて眠り込んだ幼児をちょこんと背負って帰ってきた姿は、いまもって忘れない」

戦前の静岡で、父を保護観察の名目で長年にわたり担当していた特高警察の某刑事は、終戦の直後に「あんなに物静かであるのに、その実、計り知れぬ怖い人はいない」と称していたという。

戦後になって親交を深めた日本近代史学者の原口清氏は、こう語る。

「人に接するとき、ひかえ目のもの静かな態度でじゅんじゅんと歴史を語る吉見さんには、世上一般の革命家というイメージとは違い、むしろ学者のそれにちかいものがあった。その内に秘めた革命への情熱は、私などのはかり知るところではない」

さらに、戦後の折々に吉見と出会った永田末男氏は、父の死後「見る人によって評価がまちまちということのない稀有の人物」と評している。

彼の人柄の一貫した特徴は、物静かで温厚、謙虚であり、そこに粘り強さと不屈さ、戦闘性を内包していたのだ。

風貌は長身痩せ型、色白で、到底、頑健には見えなかった。

父が結婚したのは一九四四年、静岡刑務所での刑期を終え、保護観察の身の、すでに四三歳のとき。妻となったのは一八歳年下の樋口和子（一九一九〜二〇〇八）である。

本書で取り上げた後の話となるが、義弟となった樋口篤三（一九二八〜二〇〇九）は、同年一九四四年に一六歳で予科練に志願入隊しており、終戦直後に出会った吉見のことを、著書『めしと魂と相互扶助』（第三書館）に次のように記す。

「私は、一七歳の少年期にマルクスやレーニンとともに、共産主義とはどういうものか、吉見から実物教育を無言で受けた」

「吉見は、党再建とともに、すべてを党活動に投じた。当時、国鉄は復員軍人、ヤミの食糧買出しなどで超満員であり、切符も半日ぐらい並んでも買えるか否かぐらいの込みようであった。

と、彼は静岡―浜松間の鉄路を夜通し歩いて党の連絡にいった。新幹線でも三〇分、在来線で一時間余ぐらいの遠さをである。そして過労と栄養失調のために目的地についた瞬間、その玄関で気を失って倒れた、と聞いていた。……私は、新しい思想、新たな生きがいを求めて懸命であった。……戦争に獄中で闘いぬいた共産党員は新たな『英雄』としてまぶしかった。吉見の行動は『すごいなあ』という驚嘆がまず先であった」

そして、父は静岡県の共産党常任活動家として生涯を終える。

一方、樋口は紆余曲折を経ながら社会労働運動家として貫くのだが、その道は異なっても、父のことを「リベラル・コミュニスト」ともいうべき人であると高く評価し、尊敬していた。

「吉見は革命家として立派な一生であった。おれが除名されて党の誰もが口をきかないときでも、彼は前と変らなかった。兄―弟関係のみでなく、大正デモクラシーで育ち、初期の堺利彦、渡辺政之輔当時の、党のある自由さを身につけていたのだろう」

## （四）

父は、その都度、その折々の思いや情景を短歌に込めてきていた。よろこびも、悲しみも、憤りも、葛藤も。友のことも、親との確執も。青春の叙情、恋の歌も数多い。

時を経て、それらを書き残す作業をはじめたときには、書き記したものはすでに散逸しており、もともと獄中などで紙に書き記せなかった歌も多かったと思う。しかし、ひとたび三一文字《みそひともじ》に凝縮させた歌はしっかりと頭に刻まれていて、三冊の日記帳によみがえったのである。

父はなにを思い立って、このような作業をはじめたのだろうか。

彼は、療養生活に入ってからは、静岡県の運動史と、活動した人たちの活動記録をまとめる、ということを彼自身の課題としてた。

そのためには正確な記録が不可欠だが、戦前の殆どの資料は特高に没収され、免れたものも震災や戦災で失われてしまっている。そんななかで拠りどころとなったのが、折にふれ詠ってきた短歌であったのであろう。

彼が生きてきた道、身をおいてきた所は、日本の社会運動・労働運動の黎明期、日本の共産党の創立と苦闘の時期、日本が戦争に突き進み敗戦に至る時期、それぞれの真只中であったから、短歌の復元とともに当時の状況、出来事についての記憶が蘇ってくるということは、とても重要であったにちがいない。

歌集は運動史のための補完記録であったというわけだ。

そして、この短歌復元の作業は、自らの内面の記録であったためだろう、誰にも見せようとせず密かに続けられていたのだ。

母が、ベッドの周りにうず高く積まれた資料や本を片付けている時に、この日記帳をみつけ、目を留めていると、父は「これは自分のための備忘メモ。人には見せるものじゃないんだ」とあわてて取り上げたという。

また、静岡県近代史研究会の田村貞夫氏も日記帳を目にした一人であり、父の死後、次のように語っている。

「……私どもの会員で戦前の社会運動史について論文や著書を書いた者で、あなたのお世話にならなかった者は一人もありません。政党上の立場や主義主張、あるいは過去のさまざまないきさつがあるとしても、あなたはつねに温容をもって分け隔てなく接しられ、熱心にあなたの体験や研究の成果を語られ、史料の所在を教えてくださいました。あなたの精密な記憶力と客観的な評価の方法には、私どもは教えられるばかりでありました。

……あなたは、何十年の前の出来事をさも昨日のことであるかのように正確に、淡々とお話くださいました。私たちはその緻密な記憶力にいつも圧倒されていました。

ある時あなたは一冊の古びたノートを見ながらお話しくださいました。私が『それは何ですか』

と伺いますと、あなたは『若い頃の歌集です。これを見ると、いつ、何があったか、大体分かるのです』とおっしゃいました。何千首もの短歌が書いてあったようですが、あなたは『これは誰にも見せないんです。家内にも内緒です』と少しはにかみながら答えられました。きっと青春の貴重な記録なのでしょう」

# (五)

父は一九八三年二月六日の明け方に八一歳で急逝した。前の晩まで、無名の活動家のほり起こしのための調べものをしていたという。

その遺志を母が継ぎ、『ひとつの航跡―静岡県労働運動の黎明　吉見春雄述』(吉見春雄遺稿集刊行委員会　一九八七)及び『静岡県無産青年運動の群像―吉見春雄資料より』(同時代社　一九九二)として世に送ってきた。

母の最後の気掛かりが、短歌であった。

父の一〇代のころの瑞々しい歌は詩人英《はなぶさ》美子から高い評価を受けていたようであり、同人誌の仲間からの「……石川啄木ばりの短歌をつくり、われらを驚嘆させた」(菅沼貞三氏)との評もある。その後の歌も、時代と運動の息吹きを感じさせ、なかなかのものだと思う。

父自身は、人に見せることなど考えていなかったものではある。

しかし母は、父に敢えて逆らい、自分の手で歌集としてまとめ、世に出したいと考えていた。いざ始めてみれば、詠まれた時期が不明かつ順不同であったり、インクの消えかかった豆粒のような文字、父本人にしか分からないような符号や書き込みに悩まされ、とてつもなく大変な作業であったようだ。それでも何年間かためつすがめつしながら選定、整理を行っていたのだが、未完のまま、母も他界。

三冊の日記帳が私の元に残され、内容をあらためてみると、どうだろう。

あの、自分のことは全く語らなかった父が、喜びや怒りや悩みなど生の感情を吐露し、人を恋い、友や自然に優しいまなざしを注ぎ、時にはおどけ、時には打ちひしがれ、内省し、決意し、……と、そこに息づいているではないか。そこに浮かび上がったのは、私の知らなかった父、というよりは、飾らない誠実さを持ってひたむきに生きる、ひとりの青年の姿とその足取りであった。

私にとっての父は、家にいるときは本を読んでいるか寝ているかで、何も言わずに暖かいまなざしを注いでくれる、老成した人物であったはずだ。その人が、私の息子のような年恰好で生き生きと爽やかな姿を現したのである。

私は、その青年に魅せられ、それを描き出す短歌の持ち味の濃やかさに感銘を受けるとともに、時代を知る資料としての意味について考えるにいたった。と同時に、母の思いを継いで、力不足ではあるが、私なりの考えでひとつのかたちに纏めあげたいと思うにいたった。

本書を、とりわけ、あの暗い時代を知らない人々に読んでいただきたいと願っている。

さきに述べたような諸事情から、短歌のつくられた時期、順についての思い違いや、解説の不十分さなどが残されていると思われるが、この本のなりたちからくるものとしてご理解いただきたい。お気づきの点があれば、ご指摘、ご教示をぜひお願いする。

# 一　生い立ち　抒情のころ

## ――一九一六（大正五）年一五歳頃の作品

吉見春雄は一九〇一（明治三四）年に宮城県刈田郡白石町で生まれた。白石に郡立の旧制中学校ができ、中学校の国語・漢文教師だった父鋟太郎が赴任していたときのことである。

吉見の家は、七代目にあたる祖父藤三郎の代まで江戸徳川の旗本で、藤三郎は幕府の瓦解に際し、士族を駿府に海上輸送したことなどの功により、浜松市に領地七百坪を貰い受け、屋敷を持った。

子供の頃は、二歳下の妹芳野が活発なのに対して、おとなしくスポーツやけんかなどはせず、本を読むことが好きだった。父はいろいろな本を買い与えてくれ、また多くの蔵書を持っていたから、子供が読むにしてはちょっと高度な父の本なども読み、思想の初歩が形成されていった。父の思想は国粋主義で、家においては非常に家父長的だった。

小学四年、九歳のときに、父が静岡精華女学校に転任となり、静岡市に移った。

尋常小学校から旧制静岡中学に進んだが、二年生までは優等生に近いような生徒であり、クラスでは、高等小学校から入った二歳年上の水野成夫（のちの「サンケイ」社長）が成績トップで、それに続く、という具合だった。

## 白石時代の回想

冬の夜親子四人がまどいする炬燵《こたつ》の上の吊りらんぷかな

雪の日は素肌に負ひてぬくめしと乳母は笑ひてわが顔を見る

父の背に負はれて見たる行列の提灯《ちょうちん》の火と人のどよめき　（深山小車）

横丁の権左ェ門店に吊るされし武者繪の凧の欲しかりしかな

＊

いまもなほかの城址《しろあと》の曲輪《くるわ》には紫雲英《げんげ》の花の咲きてかあらん　（益岡城址）

草履《ぞうり》はいて前掛かけて学校にかよひし路の遠かりしかな

東北の風土にそだち陽に飢えし草のごとくも生ひたちにけり

悪童らわれをかこみてあざわらふ東北弁は聞きぐるしとて

＊

水湊《みずばな》をおしのごひつつ老研師《とぎし》町の日向で包丁を研ぐ

黒土の掘りかへさりし鍬のあと大地のにほひにしばし噎《む》せびぬ

川ばたに待宵草の咲けるなべ妹と往きて摘みてかへりぬ

裏山の水を懸樋《かけひ》にみちびきて寒天ひやす麓茶屋かな

＊

訪《と》ふ人もなくて荒れたる山上の古墳をうづめ虎杖《いたどり》の花
（静岡市八幡山）

鶏頭の花に秋の日かぎろひて七面鳥は鳴き続けをり

静岡の駅に降りたち見さくれば真正面《まとも》にせまる竜爪山《りゅうそうざん》は

竜爪山は静岡市にある一〇五一メートルの山。名の由来は諸説あり、山頂に雲がたなびき竜が降りて、誤って木の枝に爪を落としたことから名づけられたとも言われ、古くから信仰の対象として人々の生活に密着していた。

朝まだき野面《のづら》にいでて日のあたる竜爪山を見つつたたずむ

＊

伊豆　三首

砂の上に投げだされたる大鰯なかば眼ひらきその眼かがやく

てんぐさを拾はんとして群れはしゃぐ少女らの声波にまじらふ

海ちかき墓原に立つ棕櫚《しゅろ》の木の葉づれにひそむ秋の色あり

＊

さみだれの霽《は》れ間《ま》出てみよ沼川に眞孤《まこも》刈舟《かりぶね》こぎ上るなり　（静岡市麻畑沼）

沼上《ぬまがみ》の端山のうえにそびえたつ文殊ケ岳を朝に夕に見つ

文殊ケ岳は、富士山頂の火口をめぐる尾根にある八つの峰のうちの一つで、三島岳ともいう。

野の末に横折り伏せる有度《うど》山にしめじめとして春の雨降る

有度山は、静岡平野の中にある標高三〇八メートルの丘陵地で、現在は、日本平との呼称が多く使われている。

＊

音たてて竜爪《りゅうそう》おろし過ぐる夜は火鉢の炭をかきおこすなり　（静岡市安東）

秋の宵君がかなづる琴の音にしばらく耳をすましつるかな

（静岡市水落）

冬ながら春をおもふ日人けなき公園に来てぶらんこに乗る

（清水《きよみず》公園）

## 二　中学時代

### ――「優等生」からの脱皮、政治への目覚め（一九一六〜一九一八）

中学三年（一九一六〔大正五〕）が一つの思想的な転機だった。文学好きや「政治気違い」の友人と回覧誌のグループをつくり、勉学はそっちのけで熱中した。読書の内容も変わって、国木田独歩、島崎藤村から高山樗牛※や中江兆民※、幸徳秋水※などの思想的な本へ、さらにはロシア文学へ。

四年になると、同人誌「群星」を引き継いで「青ぶどう」と名づけて中心になり、卒業まで続けた。

仲間たちは、畑は違っても互いの思想成長に刺激を与え合った。文学に傾倒し、同人誌に短歌や随想を綴って、仲間から将来は文壇で活躍するものと期待されていた。

一方、歴史への関心から、由井正雪※や大塩平八郎※の伝記を愛読し、初期の社会主義の洗礼を受けた。

中学ですごした五年間は、第一次世界大戦の時期にあたり、また大正デモクラシーを反映して学校の雰囲気も比較的自由だった。が、いわゆる民本主義※について考える人は吉見の他、仲間には見当たらなかった。

※高山樗牛《ちょぎゅう》は明治時代の思想家、評論家（一八七一～一九〇二）。雑誌「帝国文学」の創刊に参加、さらに「太陽」に拠って日本主義を唱え、ロマン主義、次にニーチェ主義、最後に日蓮主義に転じ、明治後期の青年らの人気を得た。

※中江兆民は江戸から明治の思想家・政治家で、自由民権運動の理論的指導者（一八四七～一九〇一）。「一年有半」「続一年有半」などの著は無神論、唯物論の思想を示す。弟子であった幸徳秋水が大逆事件（一九一〇年）で処刑されて以降は著書は没収され、普通は手に入らなかった。

※幸徳秋水は明治時代のジャーナリスト、社会主義者（一八七一～一九一一）。中江兆民に師事、「平民新聞」を創刊、渡米帰国後、無政府主義に転向。天皇暗殺を企てたとされた大逆事件の頭目として、他一一名とともに死刑となった。

※由井正雪は江戸初期の軍学者（一六〇五～一六五一）。駿河の紺屋に生まれ、江戸に奉公に出て楠木流の軍学を学び塾を開き、一時は門下生三千人を抱えた。幕府政策への批判と浪人の救済を掲げて倒幕を図るが計画が洩れ、自刃（慶安の変）。首塚が静岡市の菩提樹院にある。

※大塩平八郎は江戸後期の儒学者（一七九三～一八三七）。大坂町奉行所の与力を勤め、不正を次々と暴き町民の尊敬を集めた。引退後、天保の飢饉で飢餓にあえぐ民衆に心を痛め奉行や豪商に要請活動を行うが聞き入れられず、私財をなげうって救済活動を行い、民衆とともに武装蜂起、自害（大塩平八郎の乱）。

※民本主義とはデモクラシーの訳語で、吉野作造によって主唱された、人民多数のための政治を強調

する民主主義論。

五、六人が集まってきて思ひおもひに口をひらけば陽炎《かげろう》が立つ

楞牛、日蓮あるいはニーチェとやかましくあげつらふ友を片へに聞きいる

葡萄みのる窓にて編みし集なれば「青ぶどう」とは号《なづ》けたりなん

中学の型にはまらぬ生徒らは十人ちかくありしなるべし

（佐藤隆美）

＊

友を思ふ歌　一一首

桜ちる道場裏の柵により長恨歌《ちょうごんか》など詠む友なりし

将来の検事総長を見よという友にてありき仲良くせしは

（佐藤靖一）

みずからを猛士と呼びてたかぶれる友の似顔を描きけるかな　（前田鋼造）

医者になるのがいやだと言いし友なりき長き手紙をくれにけるかな　（戸村義雄）

＊

この友はやさしき父になるならんとそっと見やれば空を見ていき　（浦野鋭一）

秀才といはれし一人いつとなく仲間に入りて歳も暮れゆく　（加藤友彦）

しずかなる男——たとへば春の日にわかき草はむ羊とおもいき　（浅井仁）

古本屋でたまたま見つけ手に入れしゴッホの画集を友に誇りき　（中島松二）

＊

一里半の道をはるばる通い来て雑誌の相談する友なりし　（山田牧草）

教会にかよへる友が口吻《くちぶり》の牧師に似るをまねて笑いき　（岩沢捨己）

漱石はきらひだと独りつぶやきしになぜかと訊かれ答へにつまりぬ　（菅沼貞三）

＊

イプセンの「人形の家」読みおれば図書館長が顔をしかめぬ

目をとぢて眠げのことを言ひいづる漢学の師はかなしかりけり　（小室由三先生）

生徒らは教科書を前にすわってるが、心は遠く空に飛んでる

低声に藤村操の「巌頭之感《がんとうのかん》」詠じきかせし教師もありき　（佐藤俊治先生）

藤村操は旧制一校の学生で、一九〇三年に日光の華厳の滝において、遺書「巌頭之感」を傍らの木に残して自殺。厭世観によるエリート学生の死は「立身出世」を美徳とする当時の社会に大きな影響を与え、後を追うものが続出した。

## 賎機山《しずはた》

賎機山は静岡中学から歩いて一〇分ほどの小高い山で標高五〇メートル。六世紀の豪族の墓と考えられる古墳が作られており、家康が一四歳のときに元服した神社として知られる浅間神社の境内に続いている。授業中に学校を抜け出して登るのに頃合いの場所であった。

こでまりの茂みのなかに身をひそめ読みふけりたる独歩の小説　（国木田独歩）

山に来てかくれ吸ひたるはじめての煙草の味のにがかりしこと

むづかしき方程式に倦みをれば同じなかまが誘ひ来にけり

＊

兆民の「一年有半」読みしよりわが思想少し変われりと思う　（中江兆民）

幸徳を悪魔の如くののしれる人をひそかに憐みにけり　（幸徳秋水）

大塩の伝記を読みぬわが裡《うち》に反逆の精神《こころ》なきにしもあらず　（大塩平八郎）

正雪の墓といふあり何びとかかかるものをば建てたるならむ　（由井正雪）

文学の仲間に入りてあきたらずやや二葉亭に心寄せにき　（二葉亭四迷）

父が浜松師範の同窓生藤村義苗の紹介で二葉亭と知合いだった。二葉亭はツルゲーネフの翻訳によりロシア文学を国内に紹介し、後、東京外語のロシア語科の教授を一時期務めた。

＊

北方に大き国あり満ちたりて平和の民が住むと人いふ

ロシアへのあこがれを詠ったものと思われる。中学三、四年の時期にトルストイ、ドストエフスキー、ツルゲーネフが翻訳され出回り始めると、ロシア文学に惹かれ、帝政ロシアのツァーリズムに対する革命的な思想やロシア民族に関心を持っていった。五年のとき（一九一七）にロシア革命が起きたが、正確な報道に欠け、状況を知るのは一年以上も後のことになる。ロシア文学に興味を持つ者は中学生には殆どいなかった。

太筆に墨汁の墨ふくませて一気に書いた文字は新の字

日本一の高山にのぼり犬のごと小便をして降りて来にけり　（富士登山）

# 三　疾風怒涛の時代

（一九一七〜一九二〇）

中学四、五年は少年から青年になっていく時期で、急に背も伸び、思想的にも混沌とし、恋愛問題等身辺にいろいろなことが起こって混乱を極め、学校は殆どサボっているような状態だった。家から飛び出したいという欲求もあり、トルストイの人道主義的な影響から、北海道に行き農業をやろうと北大を受験したが失敗。一九一八（大正七）年、中学を卒業し、浜松の家で翌年の北大の試験準備を行うことにした。

その年八月に富山県で始まった米騒動は全国に広がって、浜松でも町中がごったがえし、鎮圧の軍隊も二二〇人出動した。そのすさまじさに目を見張り、初めは遠巻きに見ていたが巻き込まれ参加し、三日間、群衆の一人として行動した。帰宅後、肺炎を発病し、翌々年へかけて二年間の療養生活を余儀なくされた。

病気の間に、本をあさり、読み、勉強した。その中心はロシアの民主主義思想の発展の歴史・

系譜であり、原書を手に入れて学んだ。健康の関係もあり、農業には見切りをつけて、ロシア語を専門的にやろうと考えが変わった。

一九二〇（大正九）年の春、東京外語のロシア語部を受験したが、これも失敗。

初恋

十六になりてにはかに背丈のび大人の世界をかいま見ていし

声のよき人とおもひぬ隣りいて朝に夕べに声聞きをれば

出むかへてまず目に入りし鴇色《ときいろ》の羽織の紐が胸にしみつきぬ

＊

とりたててどこがよろしというならず一目見しより忘られぬなり

ふるさとの老が手になるこのこけし綾子と名づけ目のあたりに置く

この庭に雪柳の花の咲きしころ恋といふものを知りそめにけり

＊

中学卒業

追ひ出されたような気がして可笑しかりし中学を出たあくる日の朝

身に合わぬ制服をつけカーキ色のゲートル巻いて五年通いき

兵隊の真似することが中学の教育の本なりしと思えり

なにとなく身内に力あふれきてをどりてもみたき春の夕ぐれ

＊

エラき人を迎え沿道に整列し最敬礼して――それだけのこと

校長が粛然としてモノを読むそれをみんながうなだれて聞く
中学で禁《と》められていること一つひとつやってみるのが愉しくもありし

＊

この男――何を怒りてか――校門を出るや帽子を地に抛《なげう》ちぬ
五年間鬱屈《うっくつ》したわが青春は疾風怒濤の時をむかへぬ
袴はき夕光《ゆうかげ》せまる街をゆくデモクラシーにはまだ耳籍《か》さず

＊

## 北海道への夢

札幌の友の手紙を待ちかねつひそかに家を出んとはかりて

石狩のひろき廣野《あらの》が吾を待つと札幌の友に言《こと》づてやりき

わがこころ北に向かうは故なきにあらざるなりと思ひてしこと

国の果てめざして走る夜の汽車の隅に眼をとぢ睡りを待てり

*

楡《にれ》のかげ芝生に臥して話したることはおほむね農場のこと

天の川森にかかりて明けちかき野の静寂に身をゆだねいる

磯浪のよせかへるごとに足もとの砂の崩れゆくこころもとなさ

意のままに事のはこばぬもどかしさ時計の針を大きくまわす

*

**米騒動**

浜松の米騒動に加はりて夜晝《よるひる》三日家を空けにき

鯨波《とき》の声近くに聞こえ走り行く人の後よりわれも駈けゆく

軒並に大戸閉ざせる昼の街怒れる人ら声あげて過ぐ

＊

**療養生活**

けむのごとき熱の固まりふわふわとわが額より噴きだすおもひ

夏痩せと人も言ひわれも思ひいしその間に病ひの昂じてありしか

夕かけて熱のさしくるいたつきは悲しきものぞ夜の潮に似て

＊

わが胸を見すかすごとき眼つきする医者のまなこをひそかに恐れき
かたわらの助手にむかひて話する医者のドイツ語に聴き耳を立つ
血を吐きし当座はなにか赤きものが目にちらつきて離れずありし

*

喀血をたびたびしたという友人のこと思ひつつじっと臥ている
別るとて君と取り換へしバイブルの折り目をさがし読みているかな
おなじ病ひやがて恋とはなりけらし敵《かたき》に向う味方のごとく

*

ただひとり群をはなれし鳥のごとき虚しさおぼえ家にこもりぬ

眠られぬ夜をめざめいて家の内百のものの音《ね》ききも洩らさず
微熱ありやや息苦し――おなじこと毎日つづく病床日誌
米騒動もわが病因のひとつなりしとこころひそかに思いをるなり

＊

医者が替り診たても変りいくたびも薬も変れど験しなきかな
ふつふつと胸の音ありこの音のあらんかぎりは死なじとおもふ
Kといふ看護婦われと同年の弟ありとて親切なりき
われ病みてしきりに憶ふふるさとのかの柿の実は熟れてやあらん

＊

病ひややよきに向へばこの折とエスペラントの独習をする

エスペラントはリトアニア生まれのユダヤ人医師ザメンホフによって一八八六年に考案された人工的な国際語。この一帯はポーランド人、ロシア人、ドイツ人、ユダヤ人などの民族のるつぼで悲劇的な争いが絶えなかった。ザメンホフは第二国際語としてのこの人工語で、差別をなくし相互尊重の関係を築くことを提唱した。日本の知識人の間で影響力を広げたのは一九二〇年代で、ロシアのエスペランチストであった盲目の詩人エロシェンコの来日が契機となった。賢明なリーダーが、中立主義、博愛主義と理想主義を掲げたので左翼活動家を排除しなかった。

啄木もハイネ、シェレーもチェーホフも肺病なりし——と気休めのため

病床に見てなぐさみぬ壁にかけしカンヂンスキーの奔《はし》る馬の絵

稀有《けう》にしてあやふき命とどめつと文には書きぬつはぶきの花

汝が身は農に適はずまして北地はと医師に言はれて心まどひぬ

＊

わがこころ陽にそいてめぐる星のごと君にむかひて動いてやまず

名を呼べば山彦よりもすみやかに応へんものをなどか呼ばはぬ

入口に咲きならびたる玉すだれの白き花みて入りかねていし

＊

わが胸につと入りきたり住みつきし人ありとおもふ春のたそがれ

目と目との出で逢ひしときたましいの相寄ることのはじめなりけむ

忍びあひ二人寄り添ふ路の辺の葱のぎぼうしゅはふくらみにけり

女人禁制――わが中学の門柱の片方にはかく掲げてありけむ

＊

この庭にアダムが居《お》ればエヴァも居り林檎が生《な》れば蛇も棲みなん

知恵の実を分けて食《くら》へばその日より人目を怖づる二人とはなりぬ

あやまちて禁断の実に触れしまで悔いのこころはつゆほどもなし

*

木の芽立つ春にまた逢ふよろこびを分かたん人はここにあらなくに

言ふこともいはで別れしかの日より思ふこと多き男とはなりぬ

寂寞《せきばく》にたえてわれありさるをりは野に立ちいでて秋の雲みる

*

「青ぶどう」の仲間

夭折《ようせつ》をした人すでに五指に充つ風雪の患《うれ》ひ他人事《ひとごと》ならず

この虫をそばちょっかいといふなりと教へてくれし男も逝きぬ

その兄も妹も夭《はや》く死にし友己れも長く生きじとつぶやく

（藤本卓弥）

アメリカの伯父がいとなむ農場に行きて還らぬ友もありしかな

死の前に柿が食ひたしと言ひしとか通夜の席にて老母は泣きぬ

（澤田正男）

＊

戸村義雄を偲ぶ　四首

なに故の自らえらびし死なるぞと友のこころを推し量りいし

葬式の席につらなりこの友といさかひしことなど思い出しいる

「かけら」といふ小品を残しあわただしく消えて失せたる義雄を思ふ

中学の制服を着て堀端をゆきし二人はすこやかなりしを

*

## 浜松行

あたらしき信玄袋ひとつ下げ一日泊まりの旅にいでにき

昼ふかし築山殿の廟の前なづな花咲き黄なる蝶舞う　（縁故と聞けば）

母幸の実家である今川家一門の関口家は、徳川家康の正室築山御前を出している。築山御前の墓所は浜松市の西来院。

古日誌祖父の遺した五十冊半分は鼠の餌食になってしまった

夢二の絵真似ていたれば若き叔母わらって背中をたたいて去りぬ

## 朝鮮三・一（万歳）事件

日本の植民地支配に対して一九一九年三月一日から一年間にわたって続けられた朝鮮の民族独立運動。日本は一九一〇年に朝鮮を「併合」し、武断政治と呼ばれる過酷な支配を続け、朝鮮人の言論・出版・集会・結社の自由を奪い、民族意識を抹殺する「同化政策」をとった。朝鮮の民衆の抵抗運動は活発化し、反日蜂起となって暴発した。日本の官憲は大量の虐殺を行ったが、全民族的な闘争となって続いた。

朝鮮語をなにゆえ許さぬ植民地の圧へられたる民族語なればか

いわれなき差別の下に生きてきたこの人々の怒りは深し

＊

神仏はなしと言い張り肯《き》かざりし白頭の翁にものを問ひにき

（老記者山口鋮三郎氏）

神にあらず仏にあらずこの見ゆる自然に依りて物思はしめ

ながらふることを思はず人の世に生ける証《しるし》のあらんをねがふ

わがいのちここぞと思うきわみには焔となりて燃え尽きよかし　（レーニン）

＊

ヴ・ナロードと叫びし人は農村の民衆の中に身をおきしなり

アジアにはアジアの精神《こころ》ありと説く老いたる詩人なにをか夢む　（タゴール）

タゴールはインドの詩人・思想家（一八六一～一九四一）。ガンジーらの独立運動を支持し、ロマン・ロランやアインシュタインらとの親交も深かった。日本人の自然観・美意識を高く評価し、五回にわたり来日している。第一次大戦下、日本が中国での利権拡張をめざしてとった帝国主義的な軍事行動を、「西欧文明に毒されたもの」と警鐘を鳴らした。

地球上に十六億の人すめど自由なる民いくばくくありや

## 四　上京、働きながら東京外語をめざす（一九二〇〜一九二二）

一九二〇（大正九）年五月、上京。祖父の代まで江戸詰めだったため、東京は親戚も多いし代々の墓もある土地柄であった。神田の印刷所に見習工として入った。

近くのＹＭＣＡ会館で労働運動関係や社会主義の演説会が開かれ、未成年ではあったが歳をごまかして出かけていった。一二月「日本社会主義同盟」結成大会に参加。日本の労働者の最初の団結組織であり、社会運動家の雑多な連合体であった。

この頃、印刷出版関係では「信友会」が活動を始めていた。信友会はクロポトキン・大杉栄直系の自由連合主義の労働組合で、これに出入りして、入手できるアナキズム系の社会主義や無政府主義、ニヒリストの本などを片端から読んだ。ボルシェビズムが日本で初めて紹介されたのが一九二〇（大正九）年頃。社会主義といっても思想的には様々なものが雨後の筍のように出てきた時期で、その中を手探りで自分の進もうとする道を探していた。

独学でロシア語の下地もでき、翌一九二一（大正一〇）年、東京外語・ロシア語部・文科に入学。

親の意にそむき都に出でんとすおのが志望をつらぬかんとて
東京に着きぬこれより宿探すとのみ記してはがきを出しぬ
停車場の待合室に入り新聞の求人欄に目をさらしをり
製本屋の二階の三畳に間借りしてめざしを焼いてひとり飯くう
（神田表神保町一〇番地）

*

金ためてロシア語の夜学にかよわんと神田の街に職をもとめぬ
原稿のゲラ刷り赤鉛筆で直しゆく暗き事務室の電灯の下

手のよごれ見て気がつきぬやうやくにこの為事にも慣れきしものか

＊

不機嫌に機械の故障しらべいる職長のそばでランプをかざす

襷《たすき》がけ活字をひろう独身の仲間がうたうさすらいの唄

中学を出ているんなら欧文工になれとすすめし老印刷工

＊

仕事にもやや慣れしころ知り合いし男にさそはれ組合に来ぬ

年上の本工蕎麦を食いながら組合のこと話して聞かせき

年たけし職工長が酒のめばいつも口にする同盟罷業《ストライキ》の話

転々と職場を変へてこの一年ついに印刷見習工で終る

＊

二十歳になって　一九二一（大正一〇）年

病気のため丸三年をフイにした口惜しさはなしかえすがえすも

歌も詠み小説も書き脚本もと思ひていたる二十歳《はたち》前のこと

二十歳になりまずうれしきはおおっぴらに演説会を聞きにいけること

＊

うす暗き本屋の棚にうずもれる古き詩集を手に取りて見る

「莫告藻《なのりそ》」という詩集をつくりその中に出てくる人にやってしまひき

上京前の追憶であろう。

莫告藻とは、海草のホンダワラの古い呼び名で、「な告りそ」すなわち「告げないでください」を意味し、日本書紀にそのいわれが記されている。万葉集では海草と「言ってはならない」の掛けことばとして、よく登場する。

一冊五銭の「文章世界」を買ってきて宿直部屋の床のなかで読む

夕ぐれの神田の街にあふれ出る夜学生の群を黙って見おくる

＊

**エロシェンコ**

エロシェンコは盲目のロシアのエスペランティストで詩人・社会主義者（一八九〇〜一九五二）。二度来日して、日本語で児童文学作品を著わし日本の進歩的文化人と交流があった。画家中村彝《つね》の「エロシェンコの像」は有名。一九二一年にメーデーと日本社会主義同盟大会への参加を理由に逮捕され、国外追放された。

目の見えぬロシア詩人をとりまきて篠懸《すずかけ》の路をそぞろゆく群

盲いたる異国の詩人木枯しに面を吹かれ街にたたずむ

*

争ひて家を出し日の目にのこる石榴《ざくろ》の花の今も咲きてあらん

善福寺の大銀杏に日が当たり木末ひとところ華やぎて見ゆ

（麻布の善福寺は菩提寺）

麻布山善福寺の墓地に登りきてかすめる海をとほく見るなり

祖の祖、そのまた祖もこの山に睡るといへどたまにしか訪はず

*

はじめての人を訪ふとて穿いて出し新しき足袋が足に馴染まず

武蔵野の林をぬけて思はぬに遠き山のうえに富士山見たり

たまさかの休日なれば武蔵野を行きてもみたし本も読みたし
客を待つ人力丁場の車夫だまり熾火《おき》のうえに柳散りくる

＊

東京外語ロシア語部に入学

三年ぶりに学生帽をいただきて何かはれがましく神田をあるく
なつかしき洋書のにほひ丸善の階上に来てしばし息《やす》らふ
何ゆえにロシア語学ぶ?――いつの日かヴォルガの河を下りみんため
二十歳《はたち》前石狩の野をさまよいし心いつしかシベリアに飛ぶ
くもり空遠く続きてわが向ふ目路《めじ》の限りはシベリアならん

## 五　社会運動、思想団体の渦中へ　（一九二一〜一九二三）

外語に入ると、ロシア語部の卒業生と在学生の同窓会グループ「ロシア会」の幹事に選ばれた。先輩には、外交官、貿易家、軍人やジャーナリストなどがいた。一級上の川内唯彦、河野重弘は堺利彦の家に出入りしていて、彼等からロシア語の文献の翻訳や本探しなどのアルバイトを引き受けた。

一九二一（大正一〇）年五月、浜松での徴兵検査からメーデーに間に合うように帰京、九日に日本社会主義同盟二回大会に参加。会場にはロシアの盲目の詩人エロシェンコの姿もあった。この大会はアナ・ボル対立が表面化し解散、組織内部の混乱のうちに五月二八日に治安警察法により結社禁止となった。

この頃になると、徐々にアナキストの思想や運動に対して不信が増し、河上肇の唯物史観、山川均や堺利彦のカウツキー系統の社会民主主義などとの見分けがついてきた。

トルストイよりチェーホフを経てゴーリキーへと変っていった四、五年の間

友の多くは理想主義に心をひそむれどわれは一途《ひとえ》に唯物論を追ふ

生まぬるき人道主義に飽き足らず伏字の多き書を読みあさる

＊

胸の内に熟しつつある思想ありいつまでか我かくてありなん

念《おも》ふことずばりと言ひてのけたればその清しさは一日つづきし

兵隊は「丙種合格」みなの顔が試験に通ったときのように悦んでいる

＊

第二回メーデーに初めて参加　一九二一（大正一〇）年
五月の朝晴れて雲なし腕くみて上野にいそぐ群れにわれもをり
長き髪ロイドの眼鏡鼻下の髭わが変貌の道具立てはそろふ
立ちならぶ旗のあいだに見慣れたる旗をみつけてかき分けて行く
メーデーのビラ撒きをへて帰りくる場末の街の宵のにぎはい

*

ＡＢ《アナボル》論争
アナキストと呼ばるる人らと交はりてしばらくは自分もそのつもりなりき
ためらはずこの道来しがここにしてしばしまどいぬ――ＡかＢかと
アナとボルの論争の中にとかくしてボルが正しと思ひいたりぬ

（信友会）

いまおもへばクロポトキンの手ざはりのよさにいっとき惹かれたにすぎず

＊

この国の「社会主義者」の大方がいま臨みいる大いなる危機
アナキズムに深き思想ありとおもはれず理想主義の一変種ならんかし
われすでに唯物論者たるを自覚せり無神論なることはもちろん

＊

われかつてみだりに人と論争《あらそ》ふをこのまざりしが今はしからず
アナキスト、テロリストはたニヒリスト血にまじる黒の一すぢにこそ
赤と黒と入りまじりたる大会の空気のなかに息づく我は

＊

着流しで演壇に立つ大男アメリカ帰りの小説家なりし

（前田河廣一郎）

＊

「非国民」「国賊」といふ――いづれみな国にかかはることにちがいなし

## 枯川老（堺利彦）　二首

堺利彦は、日本の社会主義・共産主義運動の指導者（一八七一〜一九三三）。号は枯川。一九〇三年に幸徳秋水等と平民社をつくり、「平民新聞」で反戦を主張。幸徳とともに「共産党宣言」をはじめて翻訳。一九二〇年日本社会主義同盟の発起人。二二年創立された共産党の最初の委員長になった。後、党を離れ、社会民主主義の立場で活動を続けた。

国賊と呼ばれ「主義者」とののしられ嵐に耐へきし半白《はんぱく》の人

淡々とものは言へどもいふことは聞くにまさりて鋭どかりけり

＊

一九二一（大正一〇年）夏休み、教師と学友一〇人ほどがシベリヤ旅行に発った。一年生からは森正蔵※が参加。参加するつもりで金を貯めたが旅費不足で叶わず、その代りに一人北陸へ。敦賀港は、ロシア革命後のシベリア出兵の軍隊もここから連絡船で出ていた。直前の六月にロシアの盲目の詩人エロシェンコが日本を追放され、ちょっとショックだったが、その時も敦賀から連絡船鳳山丸が使われた。

※森正蔵は、のち毎日新聞の特派員としてモスクワに行き、戦後、敗戦に至る裏面史「旋風二十年」を刊行、三年連続でベストセラーになった。

北陸行　十首

鴎《かもめ》啼く北の浜辺の夕あらしさすらひ来ればいとど身に沁む

車中にて道連れとなりし写真師と同じ宿とり三日くらしき

酒すこし飲みて出たれば知らぬ間に盆踊りの輪にまきこまれいし

ここにして浦塩斯徳遠《ウラジオストック》からず宿のあるじが地図出して示す
（敦賀シベリア旅館）

*

金髪を風になぶらせ坂道を駈けおりてくるロシアの少女

立ちこむる夜霧のなかに影のごとく鳳山丸は浮びていたり
（連絡船）

この国を追はれし詩人のうしろ姿眼に見るごとし敦賀の港
（エロシェンコ）

*

安宿の壁に貼りたる古新聞シベリヤ派兵の記事も見ゆるかな

朴の花くずるる聴けば黄昏《たそがれ》の空をとよもし山揺るかもと

すすき原分けて出づれば眼の前に日本海はひろがりていき

＊

ロシア飢饉救済運動が一九二一（大正一〇）年秋頃からドイツで始まった。ロシア大使館から外語大への依頼をロシア会でいち早く取り上げ、全校に呼びかけ、有楽座を借りて語劇大会を行い売り上げをカンパ。この活動が発展して社会科学研究会（社研）となっていった。

ロシア飢饉救済はその後、「種蒔く人」※が呼びかけ国内に拡がり労働組合等の運動となって拡がった。

※「種蒔く人」は日本のプロレタリア文学の最初の集団。当時、フランスでは、作家で人道主義者のロマン・ロランや、懐疑主義的合理主義から社会主義支持に変っていった小説家のアナトール・フランス、雑誌「クラルテ」の発刊者バルビュスらが国際平和運動を提唱していた。それに呼応して日本で反戦運動の種を蒔くという趣旨で、雑誌「種蒔く人」を出し、インタナショナルな運動にとりくんだ。

外国の餓えたる友をすくはんと金を集めぬ飢を知る人ら

世界中《よのなか》の飢えたる人の苦しみをいまし我等も共にわけあふ

貧しさの底より浮び上がりきてふたたび旧《もと》に戻るを願はず

＊

中年のロシア人二人きのうより神田の夜店でピロシキを売る

チタから来たシベリヤ人にもらいたるルパーシカ大きすぎ身に合わぬかな

＊

## 戦後恐慌

第一次大戦が終ると、戦争中の好景気の反動から不況に陥った。日本資本主義の発展とあいまって、一九二〇（大正九）年に経済恐慌が起こり、以降、不況が慢性化していった。

不況来て巷に声の氾濫す持たざるものは心おきなし

失業者巷にあふれ東西に食をあさりてさすらう人々

なかば戸をとざせる店の立ちならぶ不況の街の昼のしづけさ
筋向ふの製本屋の店に休業の札が張られて十日にもなるか

＊

来年の学資かせぐとこの夏は欧文印刷の校正にかよふ
筆耕に疲れた手をやすめ暫くは指のしこりを揉みほぐしている
翻訳の仕事に追はれ飯も食はずパンを買ひおきて湯に浸し食ふ
こんな原稿金にもならず思ひきって一日ぐっすり眠ってみたし

＊

金持ちの家庭教師がいやなり焼酎のみて憂さはらしおり

仕事なく金もなければ籠りいて「貧乏物語」読みてすごしぬ
貧しさのきはみといはめこのひと冬本も読まずに夜も働きぬ
定まれる仕事なければこのひと月神田の本屋で店番をする
反動の親玉死にて日本もこれですこしは明るくならんか

（河上肇著）

一九二二（大正一一）年、元老山縣有朋死す。

*

一九二二（大正一一）年一月に出版された雑誌「前衛」の出版部が、下宿の近くにあり、出入りするようになる。そこには山川均の水曜会グループの、西雅雄、上田茂樹、徳田球一らがおり、西、上田とは非常に懇意になって影響を受けた。

一一月、ポルトガル語部の安藤潔と吉見が発起人となって外語社研グループを結成。永田広志、森正蔵、神沢虎夫、能勢寅造、丸山政男、藤原今朝夫、本郷保雄、藤田福二、村上三治等一四、五人で、そのうち半数はロシア語部だった。

ロシア革命五周年となる同年一一月七日、「学生連合会」の創立に外語社研として参加。社研では、「国禁の書」と言われていた「共産党宣言」を堺利彦のところから借りて、吉見は安藤潔と手分けして一晩で書き写し、こんにゃく版で印刷。猪俣津南雄や佐野文夫をチューターとして学んだ。

この手書きの「共産党宣言」の原稿は、七月に日本共産党が創立された記念に出版しようと、堺利彦が再訳して準備していたものであった。が、持っているだけで拘留され出所を追及される禁書であり、なかなか出版できない。その原稿を借りて、秘密出版として四〇部印刷したもので、外語社研でテキストにした外、ＭＬ会や一高、法政などに渡った。

## 外語社研を結成　ロシア語部の仲間

いま流行る新カント派の哲学にも耳かたむけず友は嗤《わら》へど　（手塚弘保）

手塚弘保は静岡中学の三年後輩で、静岡県興津《おきつ》出身。学生時代はカントに夢中になっていて、論争好きだった。

この男はいまは歌ひいづらんと見ておればやがて歌ひいでにき　（永田広志）

永田広志は長野県松本出身。無口で地味な端然とした学生で、後、戦前を代表する唯物論哲学者となった。

トルストイに一時こころを惹かれしもカントに赴《ゆ》くには勝れりとせん　（神沢虎夫へ）

神沢虎夫は秋田出身。「種蒔く人」同人。

ロシア革命五周年　六首

石炭の燃ゆる焔《ほのお》を見ていしにいつか「十一月七日」を思ひいき

暴発は唐突なりとみゆれども長き準備の期を経たるなり

ああヴォルガ流れてやまず何万の時をかさねて歴史をはこぶ

＊

日本の霜月七日はいつ来るかと隠語《なぞ》ではなけれどかつ思いみる

革命の文字さえ敵を怯えしむそのことはりの全き証しに

そのことの比ふべきなき厳しさに革命の名をみだりには呼ばず

＊

万国のプロレタリアに団結をうったうる書をいま写し終る　（共産党宣言）

革命の名において人は生き人は死ぬそのため今は何をなすべきや

わが道は平坦《たいらか》ならずとさとりし日部屋をきよめて座をあらためぬ

原に来て声をかぎりに革命歌うたひてみたり風強き日に

## 六　ＭＬ会、共産青年同盟の活動（一九二二〜一九二三）

一九二二（大正一一）年、ＭＬ会に入ると、外語ロシア語部学生の根城となっていた牛込矢来の下宿に移り、学校にはめったに行かずＭＬ会の公然活動に専念した。山川均の「大衆の中へ」を受け、学生は街頭へ、大衆運動へと出て行った。

ＭＬ会は、同年七月一五日の共産党創立（非合法）直後、堺利彦の「国家と革命」学習会に参加した青年を中心に発足した合法的な思想団体。東京では、仲宗根源和・貞代、藤岡淳吉、川内唯彦、河野重弘、安藤潔、上田茂樹、渡辺政之輔等二〇名程が会員で、反軍国主義・反戦運動が活動の柱であった。

一九二三（大正一二）年の四月には共産青年同盟ができたが、六月一日第一次共産党弾圧を受けて指導部が根こそぎ逮捕され、余波を避けるために組織を改編し、「青年部」として三人ずつの班体制で非合法・合法活動を行った。吉見は飯高秀文、若林忠一と班を組み活動した。

かばん一つ机もなければ夜具もなきがらんとした部屋に身をおちつけぬ　（牛込矢来三番地）

間に合せに林檎の箱に覆ひして机の代りに物書いており

「資本論―高畠素之」――金文字の剥げしが上に陽がさまよへり

共産党が創立されると、マルクスの翻訳やボルシェビズムの紹介など数多くの書物が出版された。資本論は学生や労働者にはちょっと手が出ないような金文字・革表紙の四分冊で、金を貯め無理をして買い学習した。

＊

外語ロシア語部の仲間　十首

五六人酒のみ時事を談ずれば矢来の夜は白みそめたり

矢来の宿友らしきりに論じをりしりぞきて読む一巻の書

わがともがら持てゆき場なきいきどほりをはらさんとてかここに集ひし

各が自し酒に女に詩にうたにあるは勝負に道をもとめき　（塩田魁）

＊

二階下の誰が室ならんどん底の歌が洩れくる矢来の夜の宿　（石川陽吉）

なにゆえに塞ぎいるぞと威勢よくウォッカの壜を下げて入り来し　（高崎徹）

ムンクの画「さけぶ男」が灰色の壁のまんなかで耳塞ぎいる　（森正蔵）

＊

十二社《そう》の岡のうへに住み酒のみてうたた気を吐く我等がなかま　（辻潤）

酔いつぶれ朦朧《もうろう》となりし眼もて天井を仰ぐ辻潤の顔

辻潤は「種蒔く人」同人、ニヒリスト

片隅に酒のむ男酔の来てうたうを聴けばふるさとの唄

＊

矢来の奥若松館のべんがら塀雪にとざされいまだ目覚めず

一冬を飢えと寒さにすごしたる矢来の宿の白梅の花

火の気なき部屋にこもりて冬を越すこの貧しさも慣れて久しき

＊

北向きの窓の框《かまち》にふりたまる雪を眺めて飢えを忍びき

夜おそく飯食いおればいつも来る猫きてそっとわが膝にのる

矢来の奥赤き砦にこもりたる七人男に春はつれなし　（塩田、石川、高崎、有村、鮫島、上脇、日野）

## ＭＬ会の活動

友とふたり神保町の角に立ちパンフレットを売りいたるかな　（若林忠一）

若林忠一は長野出身の法政大学生で、歳は吉見より二つ下であり、学生時代の一番の親友であった。

関東大震災で学校が閉校になり帰郷し、青年運動を行う。後、社会党の活動に入り、戦後は更埴市長を続けた。

＊

本業は画かきなれどもをりふしは街頭に出て本売るといふ　（飯高秀文）

飯高秀文は大阪出身の画家。後、関東大震災で行方不明となった。

＊

路ばたにパンフを並べ売りおればこっそりと来て買いゆきし客

示威運動をはり路傍の店に寄り冷えしラムネに喉をうるほす

人波に揉まれつづけて会場を出るやそのままデモに移りぬ
のがれ来てふり返り見る東京の空のあかるさホッと息つく
もみ合へる乱闘のなかにふと見かけ見失ひたる友の姿よ
ややありて闇になれたる眼《まなこ》には見知れる顔もあちこちに見ゆ

（淀橋署）

＊

川面より夕闇せまる木場の町突如わきおこる労働の歌
芝浦の埋立地に来て心はずみマルセイイェーズ大声にうたう
霜白くおける月夜の貯木場の材木のかげにピケをはる群

＊

神田の青年会館の前巡査らが垣をつくりて人を入らしめず

会場に近づけばすでに群集と巡査の揉み合いがはじまっていし

どよめきは演壇の下にまず起こりたちまち会堂中にひろがる

入口にたむろしいたる私服ども目配せをしてわれに襲い来

*

赤き布ひしと身につけ持ち込めばたちまち示威の赤旗となる

赤き旗ひそかに作りわれ持てり日ごろは本の風呂敷となる

「赤」と呼ばるることはいささか苦にならず日の丸と赤旗《せっき》ならべて思ふ

*

原稿のつき戻されし口惜しさを胸におさめて指胝《ゆびだこ》を咬む

労働という言葉のもつ深き意味をやうやく悟り仕事にかよふ

わが生活もついに軌道に乗れるごとし時の流れにそいて馳せゆく

発條は作動を待てり弾きがねに指は掛かれり狙ひはよきか

＊

三人死に四人は病みてその一人文選工はけさも血を吐く

三十まで生きんとはねがへそのことの易からざるを思はぬにあらず

＊

犬のごと敵と見方を嗅ぎわける勘といふものも身につきにけり

見えかくれ跡つけてくる人ありと知りてことさら町なかを往く
一定の間隔をたもちわが後を陰影《かげ》のごとくに後をついてくる男

＊

深更《しんこう》の街をあるけば横合いより男出で来て我を呼びとむ
わが腕をしっかと捉えはなさざる男の呼吸《いき》もはげしかりにし
下積みのおしひしがれし人生が板の寝床にならんで眠る
（留置場）
夕闇の師走の街を牽かれゆく若者の肩に細雨はそそぐ
（若林忠一）

＊

北国に病める友ありけふの日もマルクスの書をひもときてあらん
（神沢虎夫）

月岡は荷役に河野は炭鉱にしかして吾は宣伝の途に　（月岡周作・河野重弘）

月岡周作・河野重弘は学生出身のＭＬ会員。学生はインテリだということで、労働者の思想だけでなく体験を身に着けていかねばならないとされた。

炭鉱の飯場にいるとハガキよこしそれきり消息の絶えし男あり　（河野重弘ＭＬ会長野出身）

河野重弘は学生時代の吉見の親友で、外語ロシア語部の一級上。頑丈な体をもち、北海道や九州の炭鉱に入って活動した。卒業後はプロレタリア科学者同盟で翻訳などで活躍。長野県松本市出身。

＊

## 川内唯彦　三首

川内唯彦は外語ロシア語部で吉見の一級上。早くから堺利彦の所に出入りし、学校には時々顔を出すだけで運動に深入りしており、吉見におおいに影響を与えた。共産党及びＭＬ会の創立に参加、一九二二年一一月には共産主義の国際組織であるコミンテルンの第四回大会に、日本共産党の代表として送られた。この時に詠まれた歌かと思われる。

ある夜突然部屋に入り来し旧知の人こよひ一晩寝かせてくれと言ふ

なにも言はずなにも訊かずに抱きあって寝た明くる朝友は去りにき

それとなく別れを告げて去りゆきし人の残せる一冊の本

*

## 不況の慢性化

闇《くらがり》にわれを呼びとめ金貸せと云いし男も餓えたるにあらん

貧しさはわれのみならず昨夕《ゆうべ》より物を食わずと口々に言ふ

乏しきに耐えんとまではあらなくにたくあん下げて帰る夕ぐれ

土手下のそば屋も店を閉ざしたりわが楽しみもひとつ消えぬ

＊

新しきセザンヌ画集金に換え米を買いきて友と飯くう

形見にとくれし毛糸の襟巻をはや取りいでつ初霜の日に

暮れ近くやっと外套を請け出して大雪の日に着ていでしかな

この正月酒もなければ餅もなし家にこもりて三日眠りぬ

＊

いつも来る簡易食堂の献立が書き換えられて値も上ってる

田舎より送り来しとて餅焼きてわれに食はせし女もありき

俺だって困ってばかりいないさと札ビラを切った明け方の夢

ふところにイノシシ一枚持ちたれば悠然として宿にもどりき　（イノシシは十円札）

＊

丸の内のビルの谷間に見上げたる冬の夜空の刺すごとき星

チェッチェフの詩を読みおればゆくりなく故郷の雪の山をしのびき　（白石不忘山《ふぼうさん》）

色眼鏡でもの見るといひて叱る人別のめがねで見ているならじか

柳原へわれを連れゆき出来合いの服を買いくれ別れ去りし叔父

＊

読み捨ての東京パック楽天が描く漫画にふと眼を留めし

米の値は天井知らずポンチ画の首相の頭いよいよ尖る

あちこちに俄か成金目に付けど泡沫《あぶく》のごとく消えゆくも多し

＊

なにものも時の流れに抗しえず老大帝国またひとつ亡ぶ　（土耳古《トルコ》帝国）

一九二二年トルコ革命により、多民族帝国のオスマン国家は滅亡。トルコ共和国に生まれ変わった。

尼港事件歳をへていま是非の論国民のなかにやうやくおこる

革命をのがれ来し人眼の色に不信と卑下の翳《かげ》を宿せり　（亡命の人々）

白き布頭に巻けるインド人大国の非を愬えてやまず

のがれ来しバシキール人の長老ら壇上に立ち独立を説く

バシキール人はロシア連邦のウラル山脈南部に住む民族。一九一七年のロシア革命の際にはバシキール人の独立運動が行われたが、ソビエト政権により解体された。

国許《くにもと》のたよりの端《はし》に知らせきしむかしの人の婿取りのこと

人づてに聞くははかなし昔わがしたしく知りしひとの音づれ

はかなくも空に消えゆくこのけむり三とせ溜めたる文殻《ふみがら》を焼く

*

あやまちを再びすなといさめ来し父の手紙を見てわびしみぬ

*

女のため一生を棒にふったといふ秀才のこと父は諷《ふう》しき

あの話もこれで済んだと双方の親のホッとした顔がうかぶ

*

世の中の人のならいに副《そ》いしのみそれをしもなほ痴れたりというや

ねんごろに吾を諭ししことばにも耳貸さざりしかたくなごころ

いまさらに言うこともなし戸を閉ぢて読みさしの書に眼をさらしをり

＊

とく起きて急ぎの手紙書きいたり思わぬ人がたづね来し朝

コート着て君は来ませりいつに似ずもの静かなる身ごなしをして

人妻となりて俄かに物言ひの変りしひとを駅に送りぬ

＊

二人みし春の星座はそれながら言ふかひもなき時の移ろひ

わが前に春の帳《とばり》をおしひらきさしまねきたる人を忘れず

数知れぬ人のいのちにつながりて今ここに在るわが身とおもう

*

書を売りて空になりたる棚みれば惜しとは思はね何かさびしき

酒をやめ煙草もやめてこのころはもはら読書にしたしみており

酒のまずなればおのずと飲みなかま疎むとはなしに離れてゆきぬ

### 飢饉の東北行　　六首

とりわけて貧しさ目立つ百姓家汽車は飢饉の東北に入る

曼珠沙華《まんじゅしゃげ》野に咲き満てり一揆せる土民のかざす松明《たいまつ》のごと

みちのくは冬早しとぞ刈りをへし稲田に霜のおく頃ならん

＊

米つくる百姓の多く米が食へず粟稗《あわひえ》食ひて飢をしのぐと

のどかなる旅にあらねばふるさとの町にも寄らで通り過ぎにき

凶作で軍の給せし乾パンをあらそひ食ひし幼時の記憶

＊

一九二三（大正一二）年二月〜四月、蒲田労友会の争議の応援に行き、野坂参三の指導の下、野田醤油と新潟鉄工所のストライキの支援活動を行った。以来、鉄鋼労働者と深い繫がりができた。

モーターのうなりは罷《や》みて構内に人の影なし争議二日目

争議中の工場の塀にビラ貼りて闇に消えゆく二人づれの影

ストライキ十日つづきて効《しるし》なしたがいにあせる気を鎮めをり

*

忍びよる暮色のうちに一団の人かたまりて開門をまつ

かたまりて門を出できし労働者右と左に足はやめ行く

せめてあと三日保たばこの争議も敗北とまでは行かざりしならん

一九二三（大正一二）年五月の第四回メーデーには、ＭＬ会でリーフレットを準備し、安藤潔と二人で変装して会場へ持ち込もうとしたが入口で捕まって愛宕署の留置場へ。安藤はうまくもぐりこめた。

いやしくも人とある身に所狭きけものの檻に背をかがまする

このごろはやけに雨降るブタ箱のなかも湿りてむせ返るよう

わが部屋のさつきの花も散りすぎぬ留置場にいて十日見ぬまに

## 七　外語退学、関東大震災を経て、静岡で青年運動を

（一九二三〜一九二六）

一九二三（大正一二）年第四回メーデーで検挙後、六月半ば家宅捜索を受け、同月、東京外語を出席不良の名目により退学させられた。学校側は父親と連絡を取り、運動をやめさせ学校に止めようとしたのだが、吉見としては、これで自由に動き回れるとむしろ喜んだのである。

青年部（共青）からの指示で七月静岡に戻った。これは、学生が出身地の青年を対象に社研をつくり組織と運動を拡げる学連の帰郷運動の一環であった。当初は短期間の予定だったが、九月の関東大震災により東京との連絡が一切途絶えた。神田で小さな本屋を出そうと準備していたがすべて消失した。

やむなく静岡に落ち着いた。

静岡の家では、父親が静岡精華女学校の国漢と修身の教師をしている関係で、県下の右翼国粋主義団体の役員もしていた。その長男が「アカ」になり学校を追い出され戻ってきたという

ことで、周囲の態度は以前のようなものではなかった。そこで父親は自ら退職の道をとることとなる。

上京する前に親しくしていた友人たちにも年月に応じた変化があり、それぞれの人生を歩み始めていた。

吉見は、東京で調べてきた静岡の手づるを訪ねてみたが、県の中部地域には組織的な運動はまだ始まっていない状況だとわかった。そこでまず、以前の友人仲間を目標に思想団体の組織づくりを試み、それを手始めに、青年運動や政治研究会、無産政党準備の運動へと発展させていった。

思想ゆえ学校逐はる――いまの世に珍しからぬままあることなり
革命の世に生れ合ひたる我なれば参せざらんも口惜しきこと
「家」といふ形のものがわが上に重石の如くのしかかりをり
狂びととわが家の塀を突きくずす口に吾をば呪ひおるなり

わが業をきびしく責めて容《ゆる》さざる師あり友あり十二年の秋

＊

革命はまず吾にあり、家にあり、この関門を越えざるべからず

この日われ家にこもりて人を謝し静かに己が所信を草しぬ

＊

関東大震災

ゆらゆらとわが立つ大地ゆすれ来て家も立木も大ゆれに揺る

地震して東京の街燃えをりと聞いて東の空を見ている

今宵も東天紅に染みたるは震火のいまだ消えぬなるべし

粛殺の声地に満つこの九月東天の紅は人を焼く火か

＊

東京は火の海と化し横浜は浪に没したとはきのうの噂

帰り来ぬ都にいまは住みぬべき家もなければ人もなしとて

画家秀文震火のなかに果てたりと聞けど実否を審《つまび》らかにせず
（飯高秀文）

ここにして過ぎし歳月わが住みし家の跡とはたれか思はじ
（神田表神保町一〇番地）

＊

かの日もしわれもし東京にありたらば命またくはありざりしならん

詩も歌も手紙も日記もあの時のあのこころから燃してしまいし

あいがたき天地変動の秋にして我は活くなり生きざらめやも

千九百二十三年この夏の天変地異はわが身にも及べり

*

はるかなる北の国より日々の糧《かて》積み来し船をこばみて入れず

（レーニン号）

ヨッフェ来て日露会談はじまるは北海の氷の裂くるに似たらん

この国の宰相三たび代れども働くものの苦悩を察《さと》らず

無政府といひ共産という物怪《もののけ》に揺りうごかされし大震災の年

*

## 浜松行　八首

けさの秋ふと故郷に帰らんと思いしままに出で来ぬるなり

日の当たる母屋の縁に仮寝する老《おい》の咳より秋たけぬべし

風にのり誦経《じゅきょう》のこえの流れくるおもふに伯母も寝覚めたるらん

ふかぶかと安楽椅子に埋まりて眠れる人を起こしてみたし

＊

西風《にし》吹いて電線鳴らす縁さきの陽だまりに鶏はかたまりている

森の奥わく水ありてかすかなる音を立つるに心ひかれぬ

たそがれの森径ゆけば月夜茸《つきよだけ》足もとの土に生え出てありぬ

鶲《ひたき》来て落葉の庭にかすかなる音たてている昼のひととき

＊

ロシア革命、米騒動と経きたりしわが青春の歴史の足どり

底知れぬ力をそこに見し日より群れのあひだに身をまじらへぬ

正月はまず「〇〇〇宣言」を読むことがこの二三年の習ひとなりぬ　（共産党宣言）

ロマノフの族滅《ぞくめつ》を読む民衆の血の報復をわれは肯う

ロマノフ家はロシア帝国を統治していた皇室。三〇〇年にわたり専制君主として君臨し、一九一七年のロシア革命によりロマノフ朝は滅亡した。

＊

歌びとと呼ばるることをかたくなに拒みてなほも歌はつくれり

くはしくは知らず都に女いてわが旧き歌をいたく愛すと　（英《はなぶさ》美子）

英美子は静岡市出身の詩人（一八九二〜一九八二）。

現はれては消えゆく貌の一つひとつに印しをつけて放ちやるかな

＊

目の下に黒子《ほくろ》がありて可愛かりし静江といふ女にも一度あひたし

名を呼べば黒き瞳がわれを見てやや顔もたげ待ちていたりき

おなじ家に一年あまり同居して兄妹のごとく打過ぎし仲

＊

**静岡中学時代の友　一九二四（大正一三）年**

児を負へる妻をともなひ街をゆく旧友《とも》と逢ひしが口きかざりき　（小川信三）

社会主義を口にせるよりたちまちに「悪友」の名を被りにけり

かの友が離れ去りたる原因が我にありしと今は思ふなり

妹を妻にと乞ひし旧き友にはかにわれを避けるやうになりぬ

（山田信一郎）

*

旧友の多くを失ひしかはりには新しき同志《とも》の多数を得たり

はからずもよき先達にめぐり逢ひて労働者の日常をまのあたり見ゆ

（酒井定吉）

酒井は静岡市出身で職を転々とし解放運動に参加。一九二四晩秋から翌年七月頃まで、共産党指導部として政治研究会静岡支部を作るため静岡県に派遣されていた。

「進め」社の支局を訪ひて小半日議論の末は合わでわかれぬ

（久保田涼）

「進め」は大正一二年創刊の社会主義の大衆雑誌。清水に支局があり記者の久保田涼は文学青年だった。

シベリアに入りて帰らぬ老記者あり何とはなしに憐れみを誘ふ　（大庭柯公）

大庭は外語ロシア語会会員で吉見の先輩にあたる。ジャーナリストとしてソ連に渡り、スパイ容疑で日本に帰国できなくなったまま没した。

夕やみに花を供えて立ち去りし二人連れあり大杉の墓　（大杉栄）

関東大震災の際、無政府主義者《アナキスト》等が不穏・不逞行為に出るおそれがあるとして、大杉栄と妻の伊藤野枝は軍中央の命令で甘粕大尉に殺害された（一九二三年九月　甘粕事件）。遺骨の引取り手がなく静岡市の沓谷共同墓地に葬られた。

＊

**大井川上流　川根行　一九二四（大正一三）年二月**

朝戸出にわが啜《すす》りたる白粥のかそけき湯気は息にこもれり

赤崖はあらはれにけりこれぞこの秋のあらしに壊えしてふ崖

ひとところ路崩れいて断崖の底にうずまく蒼潤の見ゆ

川風の吹き上ぐるごとに草の根をいのちにつかむ川根山かな

＊

崖下に小さき家がならびいて暗きランプの光をともす

山かげに人焼くけぶりほそぼそと上《のぼ》るを見つつ家路いそげり

この坂を郵便殺しと呼ぶと聞きいぶかり問えば十年前の話

＊

峡をゆく汽車の窓近く薄紅にゆれていたるはうつぎの花か

月は白し折敷に芋の湯気立つを盛りてすすむる峠茶屋かな

山の家の野天風呂に浸りをれば道ゆく人の声かけて過ぐ
たばこの火手のひらに受け山守りは一服吸いて咄しつづけし

＊

丁々と木こり樹を撃つ斧の音谺《こだま》にひびく山中に来ぬ
谷ふかく分けいる径は木がくれて音のみ聞こゆ鮎返しの滝
はきなれぬ草鞋をはいて一里ほど歩いて来しが石につまずく
ひっそりと野に立つ道祖《さい》のあはれさに野菊を折りて手向けてすぎぬ

＊

仁丹の広告みれば人けなきこの山奥も里ごこちする

屋根々々に石を置きたる家あまたふかく沈める木曽谷の町

目路とほく並みいる山のいやはてに火を噴く山もありといふなる

*

堺利彦老　二首

共産党の創立に加わり、初代委員長だった堺利彦は、山川均らに同調して党を離れた。

かの人を師と呼びし日もありしかと密かにおもふ夕刊を見て

わがいのち君にゆだねん生も死も共にとおもひし若き日のころ

髪のばしわざと汚なき装《なり》をして得意気なりしあの頃のこと

*

われはただ道の遠きを言ひしのみそのたしかさはゆめ疑はず

わが前をさへぎるものに挑みつつ進みてきたるこの道けはし

こころざし遠くにあればいつの日か遂げんものとは吾は思へど

横ざまの道をあゆむと言ふ人ありかかる誹《そし》りは甘んじて受く

*

手にとりてしばし見入りぬ古写真歳月ふればかくも褪せるか

*

茅ヶ崎を汽車で通るごとに四年前五年前のことを思ひおこすかな

西空に富士の見ゆる日は諸磯に遊ばんといひてついに果たさず

*

われゆえに命失せたる人ありと聞きし日我は遠くにありし

歳二つ上というをばことのほか気にしていしを哀れとは思え

若くして死にし人ありいま居らば告げんと思ふこと言ひてみる

*

## 菊枝の墓

幼きころ近くに住みてしたしみし少女の死をも知らで過ぎにき

おもいだす一つ蛍をあらそひて手をふれ合いし暗やみの中

悲しみはいま極まりぬここに来てもの言はぬ石と膝つき合はせ

死ぬまえに報《し》らせよといひし人の中にわが名もありしと姉はささやきぬ

＊

静岡中学時代の同人誌「青ぶどう」の仲間であった原崎一郎、菅沼貞三らが中心となり、同人誌「青りんご」を編集していた。そこには、大正デモクラシーの影響を受けた白樺派や美術・画家、教師がグループをつくっていた。彼らは吉見に同調するわけではないが自由主義的なヒューマニストが多く、包容力に富んでいた。これに加わり、ロシヤの社会主義の哲学論文を翻訳して寄稿した。吉見に近付いてきた人たちは次第にそこから離れて、やがて政治研究会、社研へ、青年同盟へと加わるようになった。

**原崎一郎　二首**

原崎一郎は慶応大を病気で中退し、画家となって静岡市の用宗《もちむね》海岸のそばで療養をしながら絵を描いていた。吉見の影響で唯物史観の書に親しむと、画策を捨て、文芸にも遠ざかった。

銀ぶちの眼鏡の奥に澄める眸《め》をもつ人なりき胸を病む画家

自画像を描きいたりけりこの春は病わろしと嘆かひつつも

たくましき体格したる代用教師このごろゴンチャロフを読んでると言ふ　（権田龍雄）

権田龍雄は「青りんご」同人、社研。静岡市の三番町小学校教師として進歩的な教育に情熱をそそぐ。

＊

中学の受持教師癩《らい》病みて死にしと聞きぬ秋雨の日に　（佐藤俊次先生）

校を出て五年旧師の臨終に侍したりしことをつぶさに告げきぬ　（成島道史）

＊

外語ロシア語部の友を思う　三首

自がなやみ酒に托して語らざる友のありしが酒たちて死にぬ　（塩田魁）

彼もまた酒に命をうばわれしと杯かたむけて友をとぶらふ　（石井儀一郎）

杳《よう》として音ずれきかず三年前北満の地にわたりし旧友　（森正蔵）

＊

一九二五（大正一四）年、無産政党の組織準備をめざし、まず、政治研究会を作り活動。三月二日清水製材労組創立。社研代表として祝辞を述べる。この日普通選挙法成立、一九日治安維持法成立。一二月には大橋幸一、増田可一郎らと合法組織である県無産青年同盟を結成、常任書記として活動、清水木材労組や静岡合同労組などの組織支援、戦前の三大争議の一つ日本楽器争議に参加し事後処理等を担当。

この頃の静岡県の青年運動の指導部は、神間健寿が表に立ち、吉見が事務を一手に引き受けていた。

一九二六（大正一五）年九月には普通選挙法成立後、全国で最初の選挙が浜松で行われた。その後、労働農民党静岡県支部を結成、執行部で活動。

こぶしもて卓を叩けば聴衆の三百の目がわれに注ぎぬ

組合の発会式の祝辞さえ中止！解散！検束とくる

デモの中ならぶ青年と目が合ひて上気せる眼を美《よ》しとおもひき

三千の農民地主を襲いしと三千という数をくりかへし聴く

新潟県木崎の争議をオルグから聞いて。

*

静岡にも労働組合つくらんとレンガ工場に夜ごと集まる　（松田辰雄）

松田辰雄は静岡中学を中退し、レンガ製造の家業を継ぎ、青年団の活動中吉見や酒井と出会い運動に参加。

ビラまきに工場に入り帰りこぬ友の安否を気づかひて待つ　（松田辰雄）

検束も度かさなれば日常の単調を破る気晴らしとなる

吹き溜まり落葉かさなる濠の隅火を求むるの心せつなり

*

人とほく去りて書斎の一隅にただ咲きのこる鉢の紅ばら　（酒井定吉、ソ連へ）

吉見はモスクワのクウトベ（労働者大学）から招請を受けたが、先輩酒井定吉の要請を聞き入れ、ロシア語を教え一九二五年八月送った。

就職も外国行きもことわりて一途の路を辿らんとする

わがいのち七十年を超ゆるともこの初心をば忘れざらしめ

七十は親の齢なりわれもまたこの歳ごろは生くべしと思ふ

*

**日楽争議　一九二六（昭和元）年一一月〜二七年八月　浜松**

わが祖父の鑿《ほ》りしと聞きぬ堀留の運河に沿いて町に入り来

浜松の堀留運河の開削は祖父藤三郎の手がけた事業で、浜名湖と浜松市を結ぶ輸送路。現在は水運の役割を終え、伊場遺跡の近くに一部が残り、船溜りは埋め立てられている。

昼飯は餡《あん》パン二つ食ひながら争議の部落《むら》へ道を急ぎぬ

かたかたと織物工場の筬《おさ》の音道につづける松並をゆく

道沿いの小山にのぼり木の間より罷業の街を見おろしている

河原に赤き旗立て一団の人たむろせりわが胸躍る

*

福島義一　四首

埼玉の農家の出で、東京で肺を患い、沼津に療養に来ていて運動に入った。日楽争議で東京・大阪から支援に来た学生等により持ち込まれた「福本イズム」の影響を受け、一九二七（昭和二）年労働農民党静岡支部を排除された。

たのもしき青年を一人みつけたりと年上の同志《なかま》きほひて語る
（酒井定吉）

二人いてしばしば言の異なるは労と農との相違《ちがい》なるべし

ある夜半の集会なりき君とわれ事ごとに言の対立せしは

農村へわれもおもむくしかれどもプロレタリアの立場で行くなり

＊

かなたなる工場の窓の反照がつよく眼を射る午後のこの室

青年同盟のこの事務所を日曜ごとに訪ねて来たる兵士の姿あり
（新間伊津平）

新間伊津平は島田市で製材工などとして働き、労農党、合同労組の活動。一九二六年に静岡連隊に入隊したが、上官命令への「絶対服従」の宣誓を拒否したといわれる。

世の中の仕組みを説きて倦まざりし大学生の同志もありき
（名倉昌雄）

争議中疾《やまい》にかかり隔離されむなしく逝ける若き友あり　（江口米蔵）

江口米蔵は製材工として働き無青に加盟。無口だが行動的な活動家だった。争議中、赤痢に感染し二四歳で死去。みんな食うや食わずで、周囲の圧迫・反対を押し切り活動しており、胸を患っている者も多かった。

## 八　全日本無産青年同盟本部　（一九二七〜一九二八）

日楽争議が一段落し、神間健寿と二人、大阪の無産青年同盟本部に赴任することとなり、森平鋭に後を託して一九二七（昭和二）年一月静岡を離れた。本部常任書記として活動し、様々な地方や水平社で活動している人たちと繋がりができた。同盟の組織は三〇県位にできてきており、同年七月に本部を大阪から東京に移転、残務処理を終えて九月東京へ。

一九二七年にはコミンテルンが「二七年テーゼ」を発表し、日本においても福本イズムが克服され大衆的な活動がすすみ、一九二八年二月の普選第一回の総選挙では労農党から山本宣治が当選するなど、画期的な転換期であった。

当時の無青本部は静岡出身が占め、神間が委員長、吉見が機関紙の責任者。のち、組織部長田村重夫の裏切りに遭い、後任として森平鋭を呼んだ。

大阪へ

持物を売りて若干金に換へ明日関西へ旅立たんとす

物売りの声いつまでも聞こえくる場末の町の二階仮の部屋

大阪のここは西浜夏の陽の焦《い》りつくる下を汗あえて行く

軒先に何すともなき人立てるまずしき町を朝晩とほる

＊

軍人が宰相となるこの邦の軍国主義《ミリタリズム》は赴くところを知らず

傲慢な参謀大佐と思ひしに謬《あやま》たざりき十余年経て

中小の魚を呑みこむ大魚ありブリューゲル夙《つと》にこの画を描く

（田中義一）

サッコ・バンゼッティついに殺さる全世界の抗議の声もかくて空しく

一九一九、二〇年にアメリカで起きた強盗事件の犯人として、イタリア移民でアナキストのサッコとバンゼッティが逮捕され、真相不明のまま一九二七年八月二三日に死刑に処せられた。アナトール・フランスやアインシュタインをはじめ多く知識人が判決に抗議し、偏見による冤罪と考えられている。

巷《ちまた》にてささやく聴きぬ極秘裡に第三師団青島《チンタオ》に行くと

シベリヤを奪はんとして果たさざりしいま又満蒙を侵さんとする

＊

機関紙の編集事務にたづさはり発行前の徹夜がつづく

古狸・女狐なんど出没す吾も狢《むじな》を一匹捕へし

（田村重夫）

田村は労働者出身で、優秀な組合青年部指導者だった。が、無青本部の組織部長として活動中、いつの間にか警視庁に買収されてスパイ活動をやるようになっていた。吉見は彼に腑の落ちない点が出てきていた折、呼び出しをくって出向いた警視庁で田村とばったりあった。田村は二度と現れず、欠席裁判で青年同盟から除名した。

当時は、左翼の各団体に、警察がスパイを送り込んでおり、青年同盟の場合は女性を使うのが彼らの常套手段であった。

なにごとも経験ぞとてはじめてのブタ箱入りの伴侶《つれ》をはげます

*

一九二二（大正一一）年頃から不況が慢性化していたが、一九二七（昭和二）年には金融恐慌が起こって産業合理化が進行。無産青年同盟本部の常任をしながら、なじみのある京浜の蒲田地区で活動。

休業・操短・罷業にあらず人々は仕事なくして死に直面す

日雇いにあぶれし人ら駅前に為すこともなく屯《たむろ》しいたり

無職といひ住所不定といひ失業者に加へられたる汚名なり

寒冷紗巻きし柩を五六人がはこびゆく合理化のもとの葬列

蒲田にて検挙をのがれ奔《はし》りたる国道の夜は朦々たりき

（日本光学スト）

## 九　治安維持法による弾圧、獄内でのたたかい（一九二八～一九三三）

一九二八（昭和三）年、三・一五弾圧で検挙。吉見など合法活動を担当していた組織の幹部は一旦釈放されたが、四・一六弾圧で逮捕され京橋北署へ。未決のまま一九三二（昭和七）年四月まで市ヶ谷・豊多摩の獄中に。

獄内では「階級的政治犯」として、刑務所内での読書の制限の撤廃や生活の改善の要求、取調べ拷問に対する闘い、統一裁判の要求、また解党派との闘い、鉛筆で手書きの獄内ニュースを二一号まで発行するなど、未決中に六回懲罰を受けた。

労働農民党、労働組合評議会、無産青年同盟の左翼三団体は一九二八年に治安警察法により結社禁止となり解散させられた。

三・一五事件　市ヶ谷

川沿ひの監房の窓に橋をゆくメーデーの示威の足音をきく

護送車の窓の隙《ひま》より垣間見し土手のさくらと行人《こうじん》の顔

桜さく南の窓の陽をよけて若き検事と向きあひており

着流しで深編笠をかぶりゆく我のすがたは虚無僧《こむそう》に似る

＊

背《うしろ》より急きたてられて刑務所の鉄の 閾《しきい》を跨《また》ぎこえにけり

かねてより思い設けしことなれば牢獄《ひとや》の道もあえていとはず

牛込区富久町百十二番地人里はなれた別天地ここは

*

入り来て暗き房の壁よりに布団と膳をまずおろしたり

衣更へ赤の上衣に赤パッチ古ふんどしに赤足袋までも

空房の鍵開くる音夜遅く誰が入り来しと耳そば立つる

つと立ちて力のかぎり押してみる鎖《とざ》せる扉開きもするやと

*

気がつけば一房おきに仲間なり神田の下宿まず思い出す

とざされし室にこもりて八方の壁を叩けど受け応へなし

いきどほり内にこもれば苛立たし出てきた蜘蛛をはじきとばしぬ

満身の怒りをこめて吐き出した言葉がむなしく空に消えゆく

＊

どっしりと尻をおちつけ独房に座禅のまねを少時してみる

蚤、虱、南京虫にも馴れたれど蚊はにくむべし空おほいくる

安閑と日を送るかに見えれどもさにあらずこれも一つのたたかい

獄にいて大飯を食い早寝するいともいみじき安居ならずや

＊

高らかに歌をうたへば遠窓のいづこの誰か相和して唱う

下駄ならし運動場を駈けまわる声を掛け合い名を名のりあう

くろぐろと墨もて消せるハガキにも世の険しさはかくれなく見ゆ

咳すれば咳もて応う欠伸すればおなじく返す隣房の男　（上田茂樹）

上田はML会の先輩で、最初に運動の指導を受けた。胸を患っており病気保釈を要求して出たが一ヶ月ほど後に虐殺された。

＊

壁越しに隣の房と取りかはす符牒まじりの朝の挨拶

すれちがいざまヨウと声かけ行き過ぎた仲間をいそぎふり返りみる

独房の高き窓よりさしこむ日壁をななめに這いて消えゆく

佛にも耶蘇にもあらぬ大異端魔界の王に魅入られしと証う

＊

風つよし雲行き迅し外界の嵐を想ひ獄窓に坐す

護送の途笠の下より捉へ得たたんぽぽの黄が一輪の花が

手――要求する手力づくで奪はれしものを奪ひ還す手

真っ黒に塗りつぶされて届きたる獄へのハガキ陽にすかしみる

＊

獄内で、検事局からの激しい切り崩しにあい、天皇制を認めて共産党から離れていく転向の現れ方が一九二九年ごろからあった。これを福本主義解党派、天皇主義解党派と呼び、獄内で対決して闘った。この解党派第一号が静岡中学で同級だった水野成夫。水野は東大新人会から運動に参加していたが、弾圧強化のなかで変節。また、静岡県の青年運動の指導や無青本部でペアを組んだ神間健寿は、水野に勧誘されて出獄し、党の破壊に従事した。

解党派に

落書きのかずあるなかに新しく「天皇中心主義者《モナルキスト》を倒せ」と大書せるあり

みづからの影におののく「影法師」日向《ひなた》を往かばよからんものを

衣のごとく主義を脱ぎ更《か》ふもののもありいかに為んかと迷へるもあり

*

三食をこばみてすでに八日なれどわが体力は不思議に衰へず

千九百二十年代の日本の運動のなかに自分を置いてみる

○○をこの独房に押し込めん時来たりなば大いに笑はん

メーデーは街頭にあり地下にあり留置場、牢獄、密室にあり

獄内でメーデーを祝し懲罰房へ。

*

独房の長き廊下をゆきしときわが名を呼ばう声をききたり

長沙《チャンシア》にソビエト政府のできしこと朝顔の葉に刻みてありぬ

　　一九三〇年七月二八日。

牢獄の鉄の扉は外側より錠するものといまさら気付きぬ

百穴の一つひとつに人がいて九十九の声一にこだます

*

かくとだにゆめ思はざりし君までもついに暴虐の手にかかりしか

いつよりか君が手紙も来ずなりぬあり得べきことのかぎりを思う

真向より我をめがけて襲いくる大浪にもや違《たぐ》へん力

自由とはいかなるものぞわれは知るいまのわが身に自由のなきを

＊

法七条は数万の人を呑みつくしなはも生血をむさぼらんとす

（治安維持法）

たたかひのきびしさすでに死者五人うち三人は自殺せるなり

（安部、村沢、森平）

森平の死は無残ともいふべきか保釈中自殺を遂げたる由なり

（森平鋭）

森平は木材関係の労働者で静岡県島田の文学サークルから政治研究会に参加。地味だが芯の強い信頼できる青年で、共青静岡県委員長や無産青年同盟中央常任委員として活動。逮捕、在獄中に病気となり仮出所となるが、盟友とたのむ神間の「転向」裏切りに直面。一九三一年三月に自殺。二九歳。

＊

大橋と隣り合はせて久しぶりに故郷《いなか》の話を聞くことができた　（大橋幸一）

編笠を阿弥陀にかぶり廊下ゆく誰かとみれば増田可一郎　（増田可一郎）

静岡の公判近し獄中より松田に宛てて激電おくる　（松田房雄）

*

さらさらと粉雪散りくる房の窓鉛のごとき空に見飽きぬ

戸の外の吹雪ははげし夜は長しストーブの火を絶えしむなかれ

大久保より原敬までの殺されし大臣の名を数えてみたり

荒天の風にさからふ小鳥ひとつ押しもどされて木叢《こむら》に入りぬ

勅勒《ちょくろく》の川陰山《いんざん》のもとにわれ今日は遊びぬくにを距てて　（豊多摩刑務所）

獄中では、差し入れで読める本は文学、詩歌集、語学書などが中心だった。六世紀ごろの北齋時代の、トルコ語の歌を漢訳した漢詩から引用したもの。勅勒はバイカル湖の南の陰山山脈にいた部族の名。

父鋑太郎は吉見家の長男である春雄が「赤」「国賊」として逮捕されたのを受け、家督相続人としての資格を奪う「廃摘」の措置をした。しかし、これは家柄や社会的立場からやむなくとった行為であり、獄中の春雄に宛てた手紙（一九二八（昭和四）年一二月一〇日付）に記された短歌に子を思う心情が示されている。

## 父から子へ　七首

暑しとて寒しとておもう親ごころ寝てもさめてもわすらへなくに

うましものたべてはおもいよきことをきくにつけても我子おもほゆ

火の気なき牢獄《ひとや》のことを思いつつ障子の破れはらんともせず

草庵にこもりて日々にひんがしの空をながめおり汝が父母は

此の頃は往来の人もたえだえに月日のたつのも知らずすぎけり

うらやまし枕をつけてすやすやとねむれる人のありとおもえば

梓弓春の真中に生まれたるその名けがすな大和ますらお

＊

三〇歳になって　一九三一（昭和六）年

肺やみて翌《あす》にも死ぬかとおもいしが幸い死なずいま牢に居る

わが青春《はる》は飢にはじまり恋に泣き病ひとたたかひ牢獄《ひとや》におわる

われながら危うかりしと思うこと十年がうちに三たびはありき

＊

あらがねの獄舎のなかに日を重ね窓の桜を四たび眺めぬ

牢獄に無為の月日をしひられていまや三十《みそじ》になんなんとする

この道のけはしさゆえに三十まで生くるは難しと常思ひにき

わが友の半ばちかくが三十にもならで失せにきさすがに淋し

一九三二（昭和七）年　未決拘留五年目、四月に病気で保釈出獄し静岡に帰った。三ヵ月のあいだ刑務所疲れを癒しつつ、必要な文書・紙誌を読み、七月上京した。当時党中央は風間丈吉、岩田義道で、岩田とは学連時代から同僚として懇意だった。面会ルートを通じ、党中央と獄内指導部との連絡のレポーターの任務を負い、三二年テーゼに関する意思統一を図る。日用品や本の差し入れを兼ね、看守のいる所で行うから非常に神経を使う困難な仕事だ。最初は徳田球一、志賀義雄、高橋貞樹。さらに佐野学、国領五一郎、三田村四郎と替わり、そのたびに中央に報告する。

　獄内被告代表者の佐野学が「いまの共産党は労働者から離れ、小ブルのインテリが指導する党になっているんじゃないか」と言い出した。それに対して、三二年テーゼの線に添って党の現状と中央の方針を伝えたが、回を重ねるたび事態は険悪となり、監視の役人に外部の党との連絡ラインと気付かれ、この面会は以後禁止となった。佐野の態度は強硬であり、吉見自身に危険が迫り、看守が警視庁に連絡すれば刑務所の入口で帰りがけを逮捕されるというような状態となり、面会という公然活動をやめたのは一〇月末。三・一五公判廷への出席をやめ、欠席裁判となった。

　三ヶ月間であるが緊迫しためまぐるしい日々であった。

**未決勾留五年目**

未決四年ここ市ヶ谷と豊多摩の間をすでに二度往復す

在りふればすでに五年病ある身にも力の満ちくる覚ゆ

病監のたたみの上に横臥して小さき地震の揺れを感ず

*

## 出獄

途方もなき大きな窓が眼の前にひろがるを見て夢は終りし

牢獄にたえて久しく仰がざりし青天井をゆたゆたと見る

くつろぎて膳に座れば目のまへに鰹の煮付、真っ白の飯

*

まぶた閉じ舌は縺《もつ》れてはたらかぬ「自由」を失った君と対面す

住みつかぬわれの心やここにして三月がほどに浮き足立ちつ

いそぎ部屋を代へねばならずボール箱に本をば詰めて傘さげて起つ

常任活動家は三か月で下宿を変える決まりだった。

＊

一九三二（昭和七）年一〇月三〇日、新宿柏木の仕立屋の二階の下宿で大橋幸一もころがり込み一緒に寝泊りしていたところへ、朝六時前、淀橋署が検挙に来た。家宅捜査が始まったスキをねらって窓から飛び降りはだしで逃げた。救援活動を通じての知り合いのダンサーの家に飛び込んで救援会（モップル）に状況の連絡など援助を頼み、大橋は逮捕されたが、吉見は逃走というかたちで難を逃れた。

この時の検挙は大がかりに一斉に行われたもの（十月三十日事件）で、岩田義道は捕まり、虐殺されたことが伝わってきた。

その後、大塚、上野、尾久、築地と、転々と寝場所を替えながら非公然活動を続けた。

**逃げてやる**

ただならぬもののけはいに気がつけばわが居る家を人囲むらし

一刻の猶予もあらず脱れ出し宿に残した多少の懸念

身ひとつをからくも脱れきしもののひろき都に住む家もなし

転々と所をかへてこの都市《まち》をかけづり回る黒衣《くろご》のごとし

＊

## 地下生活

おもいきり手足を伸ばし午睡《ひるね》する場所があらばとけふも思へる

しめりたる土のにほいの鼻をつく地下室に降りて夜を明かしけり

脱れ来しわが身ひとつの置きどころ地下三尺にモグラと暮らす

おもいきや大東京の一角のこの一室がわれのかくれ家

＊

行く先を告げず家を出四五日はもどらぬ男と同居している　（駒込）

密会は密会でも秘密会合だと友は笑ひて出《い》でゆきにけり

からうじて南千住の土手下に一夜の宿を乞ひえて眠る

移り来て十日長屋の人にも馴れ水道端で口きき交はす　（南千住）

*

雨はもりなめくじは這う土手下のトンネル長屋の夜はいぶせき

壁越しにとなりの喧嘩きこえきて静まりしあともわれは眠れず

春といえど塀の蔭なる長屋には日の目もささず隙間洩る風

物言はぬするどき眼あり昼も夜もわが往くところこの眼に出会ふ

＊

さらさらと雪は降りくる音羽の台こよいの宿にいそぎておれば

動坂の夜吹雪のなかに人を送り部屋にもどればおそい来るつかれ

男らは未明《まだき》に起きて星凍る夜空の下を河岸へといそぐ

目じるしの画報をもちて公園のベンチにをればたづね寄りし人

（築地魚河岸）

東京にいることが危なくなり、一九三三（昭和八）年三月、関西地方委員会の要請により、前年に根こそぎ検挙を受けた大阪へ。転々と居を移しながら弁護士と連絡を取り、裁判の公判闘争の指導と、救援組織の再建活動。宝塚少女歌劇団に大きくモップル（赤色救援会）を組織した。

大阪では、活動家の中に朝鮮人が大きな比重を占めていて、生野、西成、武庫川方面に朝鮮人の住居が密集しており、活動が困難になると未開放部落へ逃げ込んで献身的な援助を受けた。

再び大阪へ

この土地にわれを見知れる人はあらじ心安けく昼の街ゆく

地図を見ておよその道を来たれどもそれらしき街のいまだ見えなく

公園の桜のかげに餅を売る老媼《おうな》と語り飢をわすれぬ

この都市の名所旧跡は知らねども貧民街はたいてい知っている

＊

メーデーは御堂通りの人ごみにまぎれて進む列見送りぬ

メーデーに今年は潜《ひそ》みて加わらず年々のわがメーデーを憶ふ

浴衣着て帽子もかぶらず出でしまま帰らぬ友の安否を気遣ふ

公園にわれ待たせ置き走りゆき握飯《むすび》二つを持ちて来し女

＊

武庫《むこ》川のほとりにわれを連れゆきて物食はせたる朝鮮人夫婦

独り来し旅路の末にはからずも出会いし人と連れ立ちて行く

（モップル責任者張文鎮）

一九三三（昭和八）年六月末捕われ芦屋署へ。

朝鮮人の中で活動していて捕まり、黙秘を続けたために、酷い拷問を受けた。当時、日本は朝鮮を植民地支配しており、治安維持法に引っかかったのが朝鮮人とみれば、殺してもかまわぬとばかりの「朝鮮テロ」が、朝鮮人担当の内鮮係《ないせん》により行われていたのだ。

椅子にくくりつけられ竹刀で滅多打ち、靴で蹴り回し、逆さ吊り、意識を失うと水をぶっ掛け、正気に戻ると繰り返し四、五日続く。黙秘を貫き、血を吐き、心臓をやられ、左脚は骨折、体は水でパンパンに膨れた。歯は打ち砕かれて六本が抜け落ち、片耳は聞こえなくなり、嗅覚を失った。聴覚と嗅覚は再び回復することはなかった。

署は処理に困り、行路《こうろ》病者《びょうしゃ》等を収容する救護病院に担ぎ込んだ。警察から回されたため手錠、腰縄（皮ベルト）でベッドに繋がれて寝かされ、便所に行くときだけ鍵をはずして見張りがついてくる。四ヶ月ほどすごすうち、体がすこし利くようになった。弁護士に会いたい旨を主張し自由法曹団の波江氏と面会し、外部と連絡がついた。病院内部にも好意的な者が出てきて、それを利用し死体搬出門を越え脱出に成功。

### 拷問部屋

頑として一語も発せずと決意せり拷問部屋に入る一瞬

思はずもからだをちぢめ身がまえし次の瞬間こぶし飛びきぬ

拷問の道具を揃へ待ち迎ふけものの如き特高の貌

真正面に座り、目を見はり、息をのみ、閃光を待つ緊張の瞬間

*

護るべきもののあればか拷問も野郎呼ばはりも屈辱を感ぜず

張りつめし心すこしくほぐさんと眼鏡の玉を拭《ぬぐ》いていたり

その刹那《せつな》生も死もはたあらざりき知り得しはただ時過ぎてのみ

足曳きのやまひにかかり檻の内腰が立たねば四つ這いにはふ

*

天王寺救護病院

大部屋に男ばかりが十余人並びて寝れば牢屋のごとし

名も知らぬ行路病者にとなりして施療の粥をうち啜《すす》りをり

三日まへ隅のベッドに入り来し男むくろとなりて横たわっている

何やらん人呼ぶこえの闇にしてあとは音なし夜の病室

＊

十日あまり枕並べし朝鮮人人の名呼びていのち終りぬ

人ひとり死になんとするこの静寂《しじま》息を凝らして時を見まもる

人の命ははかなきものとは知りたれど目のあたり見る死は呆気なし

寒々と裸電球ともりいる便所にかよう病舎の廊下

手錠、腰縄、見張りつきで。

＊

なにごとも為せば成るなりかく言ひて三たび脱走をこころみんとす

決断のときをむかへてわがこころ思いのほかに平らかなりし

塀を越え濠《ほり》をまたぎて幽囚の境を脱し街区に消えぬ

秋といふに洗いざらしの浴衣着て町を歩めり勘当の子は

帰るべき家もあらねば流離の日をかさねつつ半生を経ぬ

# 一〇　病身で脱走、潜行生活

（一九三三〜一九四一）

外語社研の仲間　能勢寅造の家にころがり込み十日ほど休養させてもらった後、奈良の吉野山方面で匿ってもらい翌一九三四（昭和九）年二月まで療養した。

三三年末には、野呂栄太郎に続き宮本顕治が逮捕され、共産党中央部は総検挙された。佐野学の転向声明が三三年六月にあったことも知った。

組織と連絡をつけるため、奈良から大阪、愛知、長野、山梨と迂回して東京に向かった。途中、知多半島に住む妹の家に寄った折に父の死去を知った。高血圧による脳溢血、七三歳だった。叔父、叔母が八方探したが春雄は行方不明。大阪の病院で苦渋をなめていた九月末のことだった。

三月ほどかくれ住みたる建具屋の女あるじの味噌汁の味

モップルの仲間の家なれば心安らかに体の養生をした。

赤き牛車を牽きてつづきゆく大和盆地の夕ぐれの路

街道をゆく人もなし冬畑に烏下りいてわれを見ている

山奥の石切小屋にこもりいてふもとの町に米買いに出る

*

駅に寄り時計合はせてかへりきぬ山の独居はよろず事欠く

五六日新聞もみずなにごとか大事があるような気がしてならず

ラヂオなく新聞もなし単独の山の生活は独房の如く

一筋の淡きけむりは山小屋にこもらう人の生きるしるしか

（葛城山）

語らはん人もあらねば目にふれし歳時記などを読みて日くらす

無産青年同盟本部にいた関係で全国の活動家と交流があり、その繋がりをたどっていった。が、大半は一九二八年の三・一五弾圧でやられており、社会民衆党や全農へ鞍替えした者、活動から身を引いた者も多かった。

警戒はどこも厳しく、夜道を歩き、野宿をし、食物もろくにない。

長野県松本では外語の永田弘志（哲学者、唯研創設者）、河野重弘、上田ではＭＬ会の若林忠一を訪ねたが、みな東京に出ていた。下伊那では懲役を終えた共青の鷲見京一が中心となり農民組合活動をしていた。

東京に着くと、共産党、全協、モップルみな大弾圧を受けており、訪ねる先々で連絡が取れない。やむなく静岡に帰ることに決め、沼津から静岡をとび越し大井川筋に入った。

静岡県では前年（一九三三年）九・一八の大検挙があり、保釈になった人たちがぼつぼつ出てきていた。大橋宏一郎は宝台院の門前町で寿司屋をしており、夜遅く訪ね、横山修三とも連絡が取れた。が、一九三五、六、七年と会いたい人はいず、活動はできず、泊まる場所にも困難し、奥川根の遠縁でしばらく百姓仕事を手伝ったりもした。

静岡のあちこちで潜って過ごした六年の間、中央と二回連絡がつき、一度は健康状態が悪く行けず、次は、酒井定吉が唯物論研究会の再建に来ないかというので「行く」と返事をしたが、連絡がとれなくなってしまった。

ある寺にかくれ居しころ仏供《ぶっく》もて飢えをしのびし夜もありしか
山かげの焼場の穴と知らずして野宿したりし真冬の一夜
物蔭に身を潜めつつ時を待つ夜行のけものにたぐへてもみつ
獄死せる欣次が墓に来てみれば標しの文字ははやも曝れたり

*

種を蒔き萌えいづる待つわが運動のしかりしごとく
わが蒔きし種もあるべし根付きたる苗木もいまは芽吹かんとする

砂漠にも草は生ふべしなにしかむわが生活にはものの生い出ぬ

土のうへに飛べぬ蜂ありわれもまた翅をもがれし鳥にはあらぬか

＊

思い出は詮なきものかあじさいを空瓶に活けてわれおり

親しかりし人の死にさえ逢はずしてうたて過ぎにき別離はかなし

家を出て君が来し道おそらくは曼珠沙華の花が燃えいたりけん

おもかげは今も目にあり十年の月日経ぬれど在りしにかはらず

＊

足音の遠のくごとくその人の影もうすれぬ経る年ごとに

名を変へてひそかに住みし海辺の町に来てみる旅のついでに

＊

一九三八（昭和一三）年　大阪時代（三三年三月〜六月）金泳順《きんえいじゅん》の追憶

一枚の絵はがき大阪天王寺の消印なれど住所を記さず

一食のうどんを分けて食いしよりかの女とも親しくなりぬ

難波女《なにはめ》に身をやつせどもまさしくは海をへだてし島をとめにて

薄暗き鉄扉のかげに手をのべて我を見つめし金泳順の顔

かろうじて鉄窓の隙《ひま》に手をにぎり別れし人とふたたび会はず

＊

静岡中学時代の友

三度目の妻をむかえて新しき家を建てぬと友は語りぬ　（菅沼貞三）

二人の妻に死なれた友。「青ぶどう」「青りんご」同人。後年、渡部崋山研究家、常葉美術館館長。

幾年月相見ざりけるわが友は古書を蒐めて余念なかりし　（佐藤靖一）

変り身の早き男と感嘆す――中学時代の同級の一人　（水野成夫）

いたづらに過ぐる月日の年ごとにはやきを言いて友とわらひぬ

＊

酒井定吉

十年ぶりに訪ね来し客の物語り私事にも触れてこちたかりしか

公然と活動できたあの時代がなつかしと言ひて途で別れぬ

住みつきてここに六年この町も永く居るべきところにあらず

課外教授、筆耕、農家の手伝いと仕事を代へつつ生きのびてをり

四十いまだ家をばなさず春塵のただよふ市に不戦をゆめむ

目を閉ぢてしづかに思ふわが生もかくて久しき垢染みにけり

## 二　静岡で逮捕・入獄、第二次大戦（一九四一〜）

一九四一（昭和一六）年、治安維持法が改悪されて刑の執行を終えた者をひきつづき拘禁できる予防拘禁制度ができ、国防保安法が成立。戦時体制に向けた準備が進んでいた。

三月に静岡で逮捕され、静岡刑務所で三年の懲役に服されることとなった。刑務所に入ると政治犯として砂間一良、松本一三、古波津英興が一緒だった。一二月八日、独房で戦争が始まったことを聞かされた。

反戦の旗を孤守して来たれどもこの年四月旗をうばはれぬ

丸刈りにされし頭はわれながら囚人らしくまたいさぎよし

囚人は何も言ふことなし独り居て朝から晩まで手袋を編む

しんしんと身に沁みてくる夜の寒さ火の気はあらず夜着《よぎ》は短し

＊

大陸の風雲まさに急なりと風のたよりに聞くはまことか

このごろの目にあまるもの軍人の横行闊歩東条の顔

名にし負う太平洋を中にして十二月八日戦争起こる

日清日露日独と回をかさねていま日米に事あらんとす

＊

戦争のさなかにありて刑務所も急に軍需工場化していく

刑務所は煉瓦《レンガ》の壁に兵営は濠《ほり》にかこまれ向き合いており

徳川の駿府城は明治にとりこわされ、内堀・中堀・外堀のうち、中堀をはさんで内側が第三四連隊の兵営となり、外側に刑務所が整備された。刑務所は高いレンガ塀をめぐらしており、レンガ製造業をしていた松田辰雄の父親らがきずいたものであった。

縄をなふ手を休めてはふと思うこの戦争はいつまで続く

＊

わが逮捕も戦争準備の一端なりと思惟してみても不当ではなからん

来るべき大切の日にそなえんと心ひそかに身を保ちけり

さるためしいかがあらんや罪のなき人を獄舎に十年置くとは

＊

戦場に出でゆきし人つぎつぎに死にて帰れり還らぬもまた

四十二の老兵として狩り出され妻子を置きて去り逝きし友　（佐藤恵二）

佐藤恵二は静岡中学時代の友人。社研、無青で活動。思想と経歴のゆえに職に就けず、一九四三年に召集されルソン島で戦死した。

筑土《ちくど》少佐中支に戦死と新聞に見ゆ小学校の友だちなりしか　（筑土邦寿）

なにがなし空ろにひびく出征をおくるバンザイのあと余韻なく

老兵は出でて帰らずかくてのみ戦いやむはいづれの時か

＊

いまだかつてかかる無上の大難に遭ひしことなしわが同胞は

よき妻を迎えたのしき世を送る尋常《なみ》のねがいもいまはおよばず

葉を落とし幹あらはる大公孫樹《いちょう》戦火はさらに拡がらんとす

世の中の鳥獣虫魚を食ひつくしわれのみ生きて何おもしろからん

＊

わかものの気負いに似たるこころにもなお歳月の刻み目はあり

牢獄と戦争のなかに過ごしたるわが盛年をつらつら思ふ

世紀の子神を信ぜず変革の道をえらびて悔いをのこさず

＊

「長」のつく役をいなみしことありきこの気持ちいまもまたく変らず

全景を把握するには刃のごとく強くするどき洞察力を要す

あへて問ふ人間性の本質は不可侵なりや不可觸なりや

（前田鋼造）

＊

君とわれ道異なるも気は合えりただ君は逝きわれはなお生く

前田鋼造は「青ぶどう」同人

（前田鋼造）

酒飲みて血へどを吐きて倒れしと獄舎《ひとや》にありて時へて聞けり

松田辰雄は静岡の労働運動などで指導的役割を果たし、検挙、拘留、投獄の連続であった。一九二九年に静岡市議当選。六日後の四・一六事件で投獄され、一度も議席に着けなかった。一九四二（昭和一七）年秋死亡。

（松田辰雄）

松の根に松の芽生えありいつの日かこの若松は大松とならん

（松田の長男前衛君）

＊

自殺といひ不慮の死ともいう両様の解釈はともに成立ち得べし

（能勢寅造　外語社研）

最期までマルクスの書を手ばなさず読みゐきと聞いてホッとした思ひ　（原崎一郎）

原崎一郎は「青りんご」同人・画家。一九三六年に肺結核で三八歳で死去。

人生を思ひのままにたのしみて悔いはあらじとリベラリスト言ふ　（手塚弘保　外語社研）

保釈中大阪市内の河中より水死体にて発見《みいだ》されしと　（久木興治郎）

久木與治郎と吉見は一九二七年頃、無産青年同盟本部でともに活動した。大阪外語ロシア語科を中退した関西無青の責任者。

＊

いしずえに仮名をもって録されし若き戦士の本名を知らず

来る世にもし永らへば若くして倒れし人の話などせん

鎮魂の曲はこれぞとわが示す中央アジアの草原のうた　（ロシアボロディン作曲一八八〇年）

吉見の戦時下の短歌は、ここで途切れている。

生き延びて四〇歳を過ぎた彼は、「反戦の旗を孤守」して悔いはないが「羽をもがれし鳥」のような気持ちで獄にあった。この頃の歌では、内省的なものや、若くして斃《たお》れた友人、無名の戦士への挽歌が目立っている。

そして、その後の彼は、唯一の例外となる時期を除いて、短歌をつくっていないようだ。日記帳の最後のほうに、ロシア紀行ともいうべき一〇〇首ほどの歌がまとめられている。

吉見は、一九六二(昭和三七)年に、ソビエト連邦から国賓として招かれ、九月から三ヶ月間、各地に滞在している。彼の少年時代からのロシアへのあこがれ・夢が、このときに叶ったのである。当時のソ連は、フルシチョフ体制が安定しており、重工業化と農業改革が進み、アメリカ合衆国と双璧を成す超大国であった。彼は、その目覚しい発展ぶりや、はつらつと働く女性の姿、農村の営み、豊かな自然、少数民族の暮らし、そして歴史の傷跡などを歌にしている。

これ以外に、少なくとも、三冊の日記帳には、新しい短歌は見出せない。

若い日に「歌びとと呼ばるることをかたくなに拒みてなほも歌はつくれり」と詠い、歌を身近なものとし、ほとばしるように歌をつくった彼は、時代や環境の変化のなかで、いつのまにか、歌から遠ざかっていったのだろうか。

## ◇吉見春雄　略歴

作成　吉見和子

一九〇一（明治三四）年、宮城県白石市に中学の国漢教師の子として誕生。父転勤に従い九歳のとき静岡市へ移り、静岡中学卒業。二年間病気療養ののち上京。印刷工組合信友会に接近。東京外語ロシア語科に入学、二二年社会問題研究会を創立、学連に参加。堺利彦のＭＬ会に入会した。

第一次共産党事件直前、家宅捜索を受け、二三年、外語を三年で中退。震災後静岡へ帰り青年運動を行った。旧制静高社研創立に参加。二五年、政治研究会中駿支部を設立。同年八月静岡県支部評議会の常任書記となった。一一月、無産政党組織準備静岡県協議会常任書記に就任、清水木材労組および静岡合同労組の組織に参加、一二月、静岡県無産青年同盟を結成。二六年、全日本無産青年同盟静岡支部成立後は執行委員・常任書記を務めた。同年、浜松に移り日本楽器争議の事後処理と裁判闘争に従事。

二七年春、全日本無産青年同盟本部（大阪）常任書記となり、九月、本部の東京移転後は中央常任委員・機関紙部長を務めた。共青に加入、のち東京荏原方面で活動中二八年三・一五事件で逮捕され、未決在獄四年、保釈後共産党に入党。中央部大衆団体指導部員として活動。公判で懲役三年の刑を受けたが、同年一〇・三〇事件で潜行し、日本赤色救援会（モップル）中央部の活動に就いた。三三年四月、大阪に移り同中央部フラクション活動中、六月末逮捕されたが、発病入院中の一一月、病院を脱走、奈良県で療養。のち大阪、東京、静岡などで連絡の回復を図りながら潜行活動を続け、四〇年ごろ一時唯物論研究会再建グループと連絡がついたが、四一年三月静岡県で再検挙、四三年まで三・一五事件控訴審の刑期を静岡刑務所で送った。

敗戦後は、大橋幸一らと静岡県で共産党再建、県委員会成立後は七〇年まで県委員、東海地方委員を務め、のち名誉県委員。「静岡県開放戦士の碑」建設の発起人など。

八三年二月六日心不全で没　八一歳。

《著作》

「四〇年前」（「静岡県労働時評」5、7、8号〔一九六三～一九六六〕）

「無産青年同盟静岡支部の活動」（『物語青年運動史』戦前編　一九六七）

《参考とした文献》

『不屈のあゆみ』（日本共産党静岡県委員会編　一九七二）

『日本社会運動人名事典』（青木書店）

解説

# 一九二〇年代の左派青年運動

伊藤　晃

本書は吉見春雄の生涯のうち、戦前期にかかわるものだが、吉見にとってその戦前期はまた、一九二八年、三・一五事件での検挙を境にして二つに区分される。後の時期の彼は、長い獄中の期間を除いても、社会的な活動の機会をほとんど持てなかった。それに対して三・一五以前には、彼の名前は左派大衆運動や共産党の中でよく知られていて、その活動分野は主として青年運動であった。そこで、彼の活動の背景となった時代を考えてみるということの文章の役目を、私は、一九二〇年代の左派青年運動について少々意見を述べることで果たそうと思う。

## （一）

二〇年代の吉見春雄の運動歴は、東京外語の学生として学内に社会主義グループを作り、また東京の社会主義グループに出入りした時期、静岡県下各地に青年の運動グループを組織していった時期、全国のそうしたグループをも広く包含して作られた左派青年組織、全日本無産青年同盟（以下「無青」と略称）の本部員として活躍した時期に分れる。

順序を逆にしてまず無青を概観してみる。この組織は全国に一万数千の青年を結集したものだから、青年層に広く展開される一般的な運動を行ったと思われるだろうが、存在期間が短かかった（二六年に全国組織としてまとまり、二八年三・一五事件直後に権力によって解散させられた）せいもあって、そういうことはなかった。二七年秋、選挙権の獲得、兵役期間の短縮、山東出兵に対する反対、青年団への統制反対、男女を問わず労働青年への職場での差別的扱い反対などを掲げて青年の要求獲得運動を計画したが、大運動になったようではない。だから、政治的無権利をはじめ、右のスローガンはすべて当時の青年の状況を普遍的に表現しているのだが、無青が全国的イニシアティヴを発揮したというより、各層、各地の青年の運動がそれぞれあって、それらが結集した、いわば下から作られていったのが無青なのだ。そして、全国組織の運動としてはこれから、という段階でつぶされたことになる。

ではその無青に結集したのはどんな運動か。まず労働青年の運動。左派のナショナル・センター、「日本労働組合評議会」加盟組合とその系統の組合の青年活動家たちだ。それから農民組合（主として「日本農民組合」系の）青年部、全国水平社の青年組織（「水平社青年同盟」）、「社会科学連合会」に結集した左派学生グループ、さらに広く各地方都市に生れた青年のサークルといったところである。みな、それぞれ固有の青年運動を行っていた。それらを順次に見ていこう。

（二）

まず労働青年について見ると、戦前は労働運動というもの全体が圧倒的に青年の運動であった。活動家といえば多くが二〇台半ばまで、三〇台後半の人など数えるほどしかいない。戦前労働運動の主力は職人型熟練工だったという学者の見解があり、そうも言えるのだが、その熟練工の年令階層自体が若いのだ。そこで組合青年部の活動家はほとんど二〇歳未満の人たちである。

やはり学者の常識では、職人型労働者は自分の腕に自負心を持ち、資本に対しても自立的なのだが、二〇年代以降大企業で労働者の企業内養成が始まり、「子飼い労働者」が増大するにつれて、職人層の重みはどんどん減っていく、ということになっている。たしかに三〇年代にはその傾向ははっきりしてくるが、二〇年代はまだ労働者の自主性がさほど失われず、そこに青年労働者の運動の条件も存在したのだといえる。

機械工や印刷工など、労働技能の親方・先輩からの伝授が重んじられた分野で、この技能形成の定型が二〇年前後崩れはじめる。第一次大戦時、産業の大膨張と労働者数急増のなかで、旧来の労働者養成方式では間に合わなくなり、形骸化・短縮されていくのだ。しかも企業の労働者育成はまだ軌道に乗らない。私は、青・少年労働者が自らの技能育成について比較的自由に考えた短い時期をここに見る。職人型熟練工をモデルにした将来像を多分に残しながら、しかも親方・先輩職人の権威は昔ほどではない。そこに昔ながらの「子僧」扱いと得手勝手な追い使いへの反抗も生ずるし、向上心をもって技術学校に通うものも増える。彼らの内面にこうして新しい風が吹きはじめるとき、周囲の社会への疑問も発生してくるのだ。

戦前労働者の圧倒的多数の学歴は小学校六年、よくてもその上の高等小学校に一、二年でおしまい、中学（いまの高校）を出れば管理者の立場なのだ。労働生活に入ると下積みの日々が待っている。苛酷な労働と社会の冷淡な眼、それを「自分たちはこんなもんだ」と耐え、職人・親方への上昇に希望を託して修業する。二〇年前後の経済的政治的大変動は、この、彼らの生涯を運命づける枠を崩していくようであった。多くのものが学問の道を閉されているとは、人間に本来的な知と感性の可能性が、開かれないまま広く社会下層に遍在しているということでもあろう。それが社会の変化の兆候のなかでめざめるのだ。だがそれは彼らのあるものを一層苦しめる。「自分たちはこんなもんだ」に代えて、「なぜ自分たちはこうなんだろう」、周囲を見れば職人たちは相変らず「飲む、打つ、買う」でやりきれない毎日をまぎらわすばかりではないか。自分の人生がこんなものであってよいのか。

当時若い労働者に広がる知識欲は、技術方面ばかりでなく、多分にこうした疑問に発するもので、「そのためにはまわりの社会を変えることだ」という答えがあることを知ったときの目が覚めたような驚きが、多くの人において社会主義思想への入口になったのである。そして彼らは、実際に新しい社会をめざして活動している人びとに接する。多くが労働組合の活動家で、導かれて入る労働組合には、それまで生きてきた世界にない経験があった。彼らは社会的なゼロではなくて、一人の人として認められるであろう。自分の意志と能力が生きる自己実現の場、人間どうしの対等なつきあいと日々の鬱屈を吹き飛ばす精神と身体の躍動、さらに労働組合は小学校出の青年にとって、いろいろな知識を与えてくれる学校であった。

これらの青年を受けとめて、彼らの希望をさらにふくらませる場を与えたのが、二五年に日本労働総同盟から分れた左派労働組合の結集体、日本労働組合評議会であった。評議会は、現存生産社会への労働者の不満を社会主義的革命に導こうとし、同時に、組合員大衆を幹部に対して受動的な位置におくことが多かった既成組合に対して、労働組合を大衆的日常行動の機関として作りかえる意欲を持った。青年労働者たちはこれにこたえ、評議会全体が青年の活力を推進力とする労働組合になったのである。

もちろん一方には資本が造型しようとする青年のモデルがある。それは理想的には「わが社の従業員」であろう。何といっても青年労働者は、「進歩」の軌道に乗ろうとするこの時代の資本主義にとって最大の生産力なのだから、彼らの向背は企業の将来を左右する重大な要因であるはずだ。それに対立して、この時代を新しい世界への展望でとらえようとする青年たちがいる。旧・新の二つの世界が労働青年を争奪しあっているわけだ。この競合が一人一人の青年にも反映して、そのある部分が労働組合において自分の人生を選択したのである。評議会のみならず、戦前労働組合の活力はこうした青年たちのエネルギーが生み出したもので、彼らの自主的な献身なしには労働組合は成り立たなかったのだが、彼らにより多くの夢を与えたのが、右派よりは左派系の労働組合であったということだ。無青はその左派組合の青年たちの活力を広く結集しようとしたのであった。

ただし無青には、労働青年を結集する上で一つの問題点がある。同年代の女性労働者がほとんど加わっていない（皆無ではないが）ことである。戦前基幹産業の一つが繊維産業（紡績・製絲）であり、そこに働く圧倒的多数が十台の女性労働者であった。その重みは、無青が作られたころまで工場労働者の過半数が女性だったことにあらわれている。そして、繊維産業の労働条件の劣悪さに女性への一般的な社会的な抑圧が加わって、ここには青年運動が立ち向かうべき重要な課題があったのだ。実際紡績業で労働争議は数多く起きていた。ここに無青が食い込めなかったのは、つまり、それが当時存在したかぎりでの左派系運動の青年たちの結集であり、その左派系の勢力が繊維産業には微弱だったことによるであろう。また、女性労働運動は全年令層にわたって特殊な分野で、若年層もそちらの組織対象と考えられていたかもしれない。

二〇年代に急増した在日朝鮮人青年にも、無青はあまり広がらなかった。彼らは在日朝鮮労働総同盟を作ってかなりの運動をやっていたのだが。

上述のように無青は短命で、既成の運動から結集しはじめてこれからというときにつぶされたのだから、その運動は未完に終ったのだ。新しい未知の方面への進出を構想する段階まで生き延びていれば、女性労働者をも思い出すことになったのかもしれない。朝鮮人青年についてはますますそうだろう。三〇年代の左派系労働運動には、朝鮮人青年によって支えられた、といってもよい時期があったのであるから。

## （三）

さて、都市労働青年から農村に眼を移してみると、ここにも無青にとって有望な分野が拡がっていた。

労働組合が簇生する一九一〇年代、少し遅れて農民運動も隆盛期に入るが、農民組合が労働組合と大きく違うのは、「家」が構成する組織であることだ。一家の戸主たるものが組合員なのであって、青年は正規の組合員ではないわけである。しかも農民組合はけっして貧農を主導力として成長したものではない。第一次大戦下の好況は農村をも潤し、牢固として見えた寄生地主制のもとでも、小作農の上・中層には自立化の意欲が顕著であった。その前に立ちはだかるのが伝統の高額小作料であって、そこでその小作料減免が初期の農民組合の主要求、それはしばしば実現したのだ。二二年日本農民組合に加わる各地の農民組合は概して穏健であって、そこに青年の激しい行動力の出番は少なかった。

二〇年代半ばに状況が変る。農村は不況期に入り、地主たちは小作料減免に応じなくなるばかりか、争議の戦術として立毛差押えや土地立入禁止などの強硬手段に訴えるようになる。官憲の介入もあって争議は各地で激化し、土地取上げ反対、耕作権確立が小作人＝農民組合側の主スローガンになった。この段階で組合側が必要とした戦闘力を与えたのが青年たちであった。彼らは各地の農民組合に青年部を作って争議の先頭に立ち、また日本農民組合左翼化の推進力になる。これらが無青とつながっていくことになったのである。

農村にはもう一つ問題があった。日本軍隊の主たる兵士供給地は農村ということになっていた。量的にもそうだが、都会青年とくらべて農村青年は強兵になるという定評がある。日露戦争後その農村の将来を支配集団、とくに軍部は危ぶむようになった。デモクラシーの風潮が農村にも拡がり、青年たちに「思想の悪化」をもたらすのではないかというのだ。ここに江戸時代からの若者組（女性の場合娘組）の延長である青年団（女性の場合処女会）を、忠良なる臣民に青年を仕立てるための修養・教化団体として再編する政策が現われた。いわゆる官製青年団である。「社会の軍事化」政策は、二六年に全国に青年訓練所を設置することになってもう一歩前進した。青年により直接的に軍事的な訓練を施し、知識を与える一種の青年学校である。

農村青年へのデモクラシー思潮の浸透は必ずしも支配集団の杞憂ではなかった。小作の上・中層（農民組合の主力になる層）や中流自作農の子弟たる青年は、ほとんど上級学校へ進まないのだが、彼らのあいだに教養・知識への欲求は著しかった。彼らは都会の新思潮・新文化とのつながりを求める。彼らの自主的修養はしばしば官製青年団と対立した。こうして二〇年代に全国各地に続出したのが官製青年団自主化運動であった。工場と同じく農村でも、二つの思想的流れが青年たちを争奪していたわけである。この動向と無青とのかかわりは、あとで地方青年サークルについて述べるところでもう一度ふれる。

被差別部落の解放運動を結集して二二年に創立された全国水平社にも有力な青年運動がある。水平社には、国民すべて天皇の赤子であることに差別解消の根拠を求める思想を最右翼として、農民組合と同じく穏健な傾向が存在するが、農民組合と違うのは、はじめから青年たちが鋭く問題を提出し、差別糾弾の実力行動の先頭に立ち、せまい地方を越えた広いつながりを求めていったことである。奈良県など、彼らの活動が農民組合を活発化させていたことも多い。彼らの作った全国組織が水平社青年同盟で、それは自然に水平社内の左派を代表することになった。これが無青結成において大きな力を与えた、というより主要な牽引力の一つになったのだ。無青の機関紙『青年大衆』は水平社青年同盟の機関紙『選民』を引きついだものであった。

## （四）

青年運動のもう一つの有力な分野が学生運動である。

かつては高等教育が支配集団以外に閉されているのはどの国でも同じことで、従って学生層はどの国でも（学生運動が民族運動の先頭に立った中国などを例外として）保守的なものであった。日本もそのとおりである。この国は先進国に追尾して列強の一員にふさわしい経済・社会・政治を作ろうとしたのだが、そのための天皇制専制機構の指導力になったのは文・武の官僚を中心とする知識人であった。近代日本の知識人主流は国家的知識人だったのだ。それが学生のめざす将来の自己像になる。

ところが一九一〇年代になってそこに分岐が生じた。日露戦後、国家形成にモデルを提供した一九世紀世界が二〇世紀に移るなかで、帝国日本は将来の国家像をめぐって混迷した。民衆の藩閥政治への不満が高まる。知識人層には明らかに国家の危機が感じられた。彼らの一部は民衆の政治的不満を正当と思い、上からの近代化強行のもたらした社会的矛盾も意識しはじめる。吉野作造・福田徳三らの黎明会結成（一九一八年）がその現われだが、この意識変化は若い知識人、学生においてさらに顕著であった。彼らの危機意識は急速に深まり、危機の解決を人民の起ち上りに求めるほどに急進化していく。一九二〇年前後学生運動が発生する（一八年東大新人会、一九年早大建設者同盟結成）。自らを「新人」と呼んだ学生デモクラットは、すぐに吉野作造ら師匠格のデモクラットと自己を区別するようになった。

初期の学生運動の思想的特徴は、人類的理想（人道主義とデモクラシー）を体現する先駆者・伝道者としてふるまったことだが、国家社会を担うものとしてのエリート意識に発するこのロマンティシズムは、たちまち政治・社会改革の出口を社会主義に求めるようになり、理想実現の力を求めて「大衆の中へ」進出していくことになった。こうして二〇年代の学生運動は学生社会主義運動として展開されるのである。

二〇年代はじめ、ロシア飢饉救済運動（「労農ロシア」への共感とその苦境への同情）などを機として、各大学・高校に学生社会主義サークルが生れ、それらは二二年に学生連合会を形成する。

吉見春雄らが東京外語に作ったのもそういうサークルだ。新人会や建設者同盟はそれら自体当時有力な社会運動団体だったが、後発の各校グループもそのリーダークラスは、吉見春雄もそうであったように、外部の社会主義グループに出入りしていた。学生連合会は関東大震災後二四年に、学生社会科学連合会（「学連」）として再編される。

このころ学生運動は二つの方面で発展を見た。一つは学生自身の大衆運動だ。東大の学友会改革運動は学生の自治拡大運動、早大の軍事研究団反対運動、二五年から中等学校以上の男の学校に軍事教育が導入されたことへの反対運動、大学自治擁護運動などは、大学への軍国主義侵入、官僚統制強化への学生の広い反感をとらえた運動である。またマルクス主義研究活動としての社会主義研究会の活動も各校で隆盛を見た。東大新人会などはその外郭に全学学生の一割をほぼ恒常的に持っていたとされる。そこには社会医学研究会などアカデミズムに革新を促すような水準のものもあった。

他方、「大衆の中へ」の志向も衰えたわけではない。むしろそれは高まっている。二五年日本労働組合評議会の創設がここでも一つの転機になった。前述のように評議会は大衆の中の革命性を引き出して社会主義への希望に結びつける運動を標榜したから、ここに組合員の階級的教育など、学生活動家が大量に動員される場が生れたのだ。学連は積極的にそれに応じたが、そのさい、重要な点で二〇年前後の先輩世代からの転換が見られた。学生という高い立場で得た人類的理想をいわば福音として大衆に伝えるエリート指導者であった先輩世代に対して、新世代はむしろ自己形成の基準を労働者階級に求めるのである。学生が自己の社会的基盤を批判せずに、たんなる人道主義的正義感によって大衆の中へ赴く学生運動は正しいかと。学生運動の任務は、学生の意識をプロレタリア的階級意識にまで批判・脱却させ、できるだけ多くのそうした学生をプロレタリア運動に送り出すことにあるのではないか。社研などでの学生の活動もそうした立場を獲得するためのものでなければならず、そこで研究（こんにち風の言葉では学習）される社会科学はマルクス・レーニン主義を意味することになる。こうして二五年学連第二回大会は、学生運動は無産階級運動の一翼だと規定した。無青に加わったのは、そうした新世代の中心的活動家たちなのであった。

そこでこの時期の学生運動は重大な問題をかかえていたわけである。一方に学生大衆自身の多面的な運動が現実に存在した。他方にはプロレタリア運動への同化に学生運動の目標を定める立場がある。この二方向は統一されうるのか。二五年軍事教育反対の大衆運動は東大などで大変高揚した。ここに、これらの学生を新しいマルクス主義的立場がどのくらいつかむことができるのか、という問題意識が出てきた。社会主義的立場がどのように民主主義運動の推進力になれるかということだ。当時の学生運動の一リーダーのある論文は、学生運動は学生のなかの左翼の運動なのか、それとも学生全体になんらかの左への移行を引きおこしうるのか、という問題を提出している。だがこれは、その後も慢性化した各校の「学生騒動」に左翼グループが多少とも関与したケースが多いことから、問題意識としては見えかくれしていたはずだが、根本的な解答が与えられることはなかった。権力の弾圧のなかでゆっくり考える余裕がなかったのでもあろう。無青もそれを検討する場にはならなかった。

## (五)

これまで見てきたところでは、無青は左派青年運動であり、それぞれの運動分野で右派あるいは旧派の運動に対して急進派を構成してきたグループを結集したのであった。ここでは日本共産党の働きも忘れてはならない。

日本共産党は二二年ころ結成されたらしいが、関東大震災後いったん解散し、その再建が二五年から本格化した（二六年暮再建大会）。そのかたちは、党組織そのものを大衆的に拡大するというよりは、再建グループのイニシアティヴで大衆運動のいろいろな分野に左派を形成し、有力団体の指導権を手中にしていくことに重点がおかれた。そのために、各分野の活動が活発化、急進化する局面をとらえ、そこに現われてくる活動家たちを左派グループに吸収していく。その活動家たちの大多数が青年だったということだ。

青年活動家は各分野の運動のエネルギー源なのだから、左派のみならずどの派も彼らをとらえる努力をするが、この点では左派が一枚も二枚も上だったのだ。他派の「現実主義」的、微温的で旧社会と妥協的でさえある体質を左派が批判すれば、それが青年たちの現状打破の急進性、反逆性、自ら正しいと感ずるものへの直進性と呼応しあうことは当然であった。当時社会主義と「労農ロシア」は青年たちの夢をかき立てる力があり、これも左派の正統性の保証になる。

そこで無青の大衆的形成は、各派間での青年層の取り合いで左派が優位を占めたということだが、それは、共産党がもし大衆的に形成されたとすると、その過程は多分に無青の形成過程と重なっただろうということを意味する。実際三・一五事件直前、やっと大衆党の方向を取りはじめた共産党に、無青の指導的活動家（吉見春雄もその一人だが）のだいたいが加わっていったのだ（ついでに言うと、共産党は共産青年同盟、通称ユースというものを作っていたが、これは党自体と区別される青年組織としてたいした意義はもたなかったように思われる）。

だが、青年層の取り合いということでは、そもそも旧体制・旧社会と新興社会運動とのあいだに取り合いがあった。それがより重要だ。青年運動は、青年層が後者に傾こうとする、その傾向を組織したものであって、従ってそのなかでの党派的取り合いは二次的なことなのだ。無青も、自己の歴史的役割を、党派的関心を越えて、青年層の既成社会からの分裂に求めるべきだったであろう。その問題意識が出てくる可能性はあった。学生運動のところでふれておいた「学生のなかの左翼運動か、学生全体を左へ移行させるのか」の問題提出はそれを示している。三・一五事件のさい、大衆団体である評議会や無青をも解散させたのは、共産主義運動の大衆的可能性への着眼として、支配集団としては正しい判断だったわけだ。

青年層の取り合いにおける共産党の他派に対するいささか強引なやり方も、多少の意味はあるといえるのかもしれない。青年運動は本質的に、人の一生の若いエネルギーに満ちたある期間、そのエネルギーを全面的に発揮させる運動であろう。運動がおのずから熟成してくるのを待つより、性急な動員がエネルギーの有効な引き出しになることもあるかもしれない。もちろんそれと、そのエネルギーを党派のために利用するだけに止まることは、区別されなければならないのだが。

## (六)

青年層を旧社会とのあいだで取り合うということでは、もう一つ大事な場がある。やはり無青に参加した有力要素、全国の中小都市に広く発生した左翼的青年グループにそれが表現されている。最後にこれに眼を配っておこう。

一九二〇年前後、あちこちの地方都市に青年の思想サークルの形成が目立った。その要因として高等教育から隔離された地方青年の思想的文化的渇望がおのずと寄り合ったこと、中央に発したデモクラシー、専制政治批判と憲政擁護の運動の波が及んできて、地方のよどんだ政治・文化を革新する意欲を青年たちのあいだに引き起こしたことが大きいであろう。労農運動勃興のニュースももちろん彼らをゆさぶる。変革的空気のなかで彼らが意志と能力を働かせる機会が開けてきたのだ。

そこである町で青年たちが寄り合うとき、はじめは文芸サークルであるものも多いが、やがてそれがその地方に革新的グループを結集する柱として働くようになる。その地方に民衆運動がないとき、労働運動や農民運動、あるいは青年団自主化運動を起す核にもなる。そうしたとき、その地から東京や京都大阪に出ていった学生の働きかけが一役買うことも多い。ことに早大建設社同盟の働きは目立つ。その町に高等学校などがあれば、そこの学生社研グループと連携することもある。若干の労働青年もいるが、メンバーの多くが知識青年だったのは自然なことである。

青年たちは中央で刊行される雑誌の熱心な読者であり、著名な学者・思想家の講演を聴く機会でもあればその聴衆になる。彼らはそういう知識によって目の前の社会的現実に改めて着目し、マルクス主義その他の新思想にそれらを説明し、批判・変革する武器を求める。そして自分の得たもので周囲を啓蒙し、運動を拡げようとする。そういうグループは憲政会など既成政党にそれていくこともあったが、やがて中央で無産政党が発起されると、多くがこれに結びついていくことになった。

こうしたグループとして有名なのが、長野県伊那谷の自由青年連盟、秋田県土崎町のグループ（『種蒔く人』の同人がここから多数出た）、二三年に「群馬共産党事件」なるものをデッチ上げられた群馬の建設者同盟系グループなどだが、吉見春雄のいた静岡も、静岡、清水、浜松、沼津、藤枝などにサークルが作られて、それぞれの地域の運動を開拓した。

これらのかなりの部分は無青の組織にも貢献する（吉見ら静岡の活動家が一時無青全国本部の中心を担っていたなど）が、むしろその役割が大きく働いたのは無産政党組織運動においてであろう。

二五年結成の農民労働党が権力によって禁止されたあと、二六年春改めて結成された労働農民党は、左右の内部対立が激しく、二六年中両派は全国指導部の争奪で明け暮れた。このとき評議会を中心とする左派は、日本労働総同盟などの右派を、全国各地の支部を動員して圧倒する戦術をとった。全国の支部のほとんどが左派系であったからだ。そしてそれら左派系支部は多くが、政党準備のための「政治研究会」支部の段階から、上述のような青年組織が中心になり、有力な農民組合のある地方ではそれとも結合して作っていたものだったのである。

この戦法は成功して、二六年暮には労働農民党は左派の手に落ちた。だがこの「勝利」は、日本社会運動の全体にわたって思想系列に沿った分裂を固定化する結果をも生み、三・一五事件（このとき労働農民党も解散させられた）以後、大衆運動再建の阻害要因の一つを準備するのである。

だからここでの青年運動の働きは、社会運動内の党派的な青年の取り合いが、旧社会から青年層を奪取することに必ずしもプラスになったといえないことを示している。そして私は、このことに二〇年代無産青年運動史全体の結論を求めてもさしてまちがいではないと思う。続く三〇年代、戦争への大きな流れに青年層を立ち向かわせることができなかったのは、左派運動全体の失敗の結果であって、無産青年同盟だけに責任があるのではないが、無青に結集した諸運動の輝きを次代に引きつげなかった自分たちの運動への批判を、活動家たちの多くは長く噛みしめていたことと思う。そしてそれこそが、後年その歴史を研究する私たちの共感を呼びおこすのである。

---

いとう・あきら
一九四一年生まれ。東京教育大学卒業。一九七一年より千葉工業大学に勤務、二〇〇九年千葉工業大学退職。日本近代史研究に従事。
主な著作　『早稲田大学建設者同盟の歴史』（一九七九年、日本社会党出版局）
『日本労働組合評議会の研究』（二〇〇一年、社会評論社）他

佐野ウララ（さの・うらら）

1948年静岡市生まれ。

1970年に静岡大学工学部を卒業。

同年、東京都に入都、創成期の公害行政をスタートに食の安全や生活衛生、都市環境行政等に従事。

下谷保健所衛生課長、環境局広報担当課長、環境科学研究所企画管理課長などを歴任し、2008年に退職。

川崎市在住。

吉見春雄　戦時下の短歌ノート

2010年5月28日　初版第1刷発行

編　者　　佐野ウララ
装　幀　　クリエイティブ・コンセプト
制　作　　い　り　す
発行者　　高 井　隆
発行所　　㈱同時代社
　　　　　〒101-0065　東京都千代田区西神田2-7-6川合ビル
　　　　　電話 03(3261)3149　FAX 03(3261)3237
印　刷　　モリモト印刷株式会社

ISBN978-4-88683-674-8